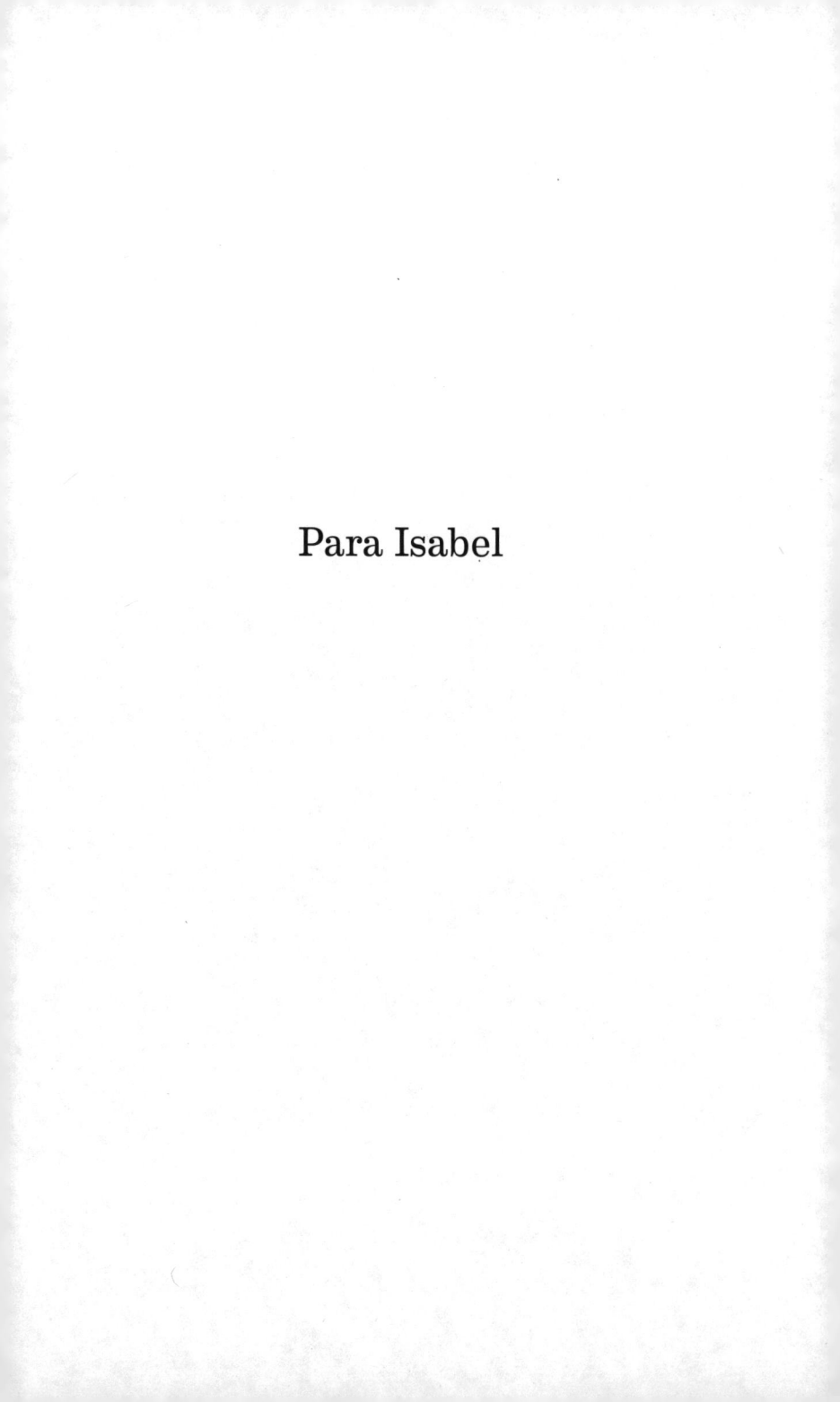

Para Isabel

Antonio Tabucchi

Para Isabel
Uma mandala

Tradução
Federico Carotti

Estação Liberdade

Título original: *Per Isabel. Un mandala*
© Antonio Tabucchi, 2013
© Editora Estação Liberdade, 2024, para esta tradução
Todos os direitos reservados.

Preparação SILVIA MASSIMINI FELIX
Revisão MARINA SILVA RUIVO
Editor assistente LUIS CAMPAGNOLI
Supervisão editorial LETÍCIA HOWES
Capa CIRO GIRARD
Edição de arte MIGUEL SIMON
Editor ANGEL BOJADSEN

Questo libro è stato tradotto grazie a un contributo del Ministero degli Affari Esteri e della Cooperazione Internazionale Italiano.

Obra traduzida com a contribuição do Ministério das Relações Exteriores e da Cooperação Internacional da Itália.

CIP-BRASIL. CATALOGAÇÃO NA PUBLICAÇÃO
SINDICATO NACIONAL DOS EDITORES DE LIVROS, RJ

T118p
    Tabucchi, Antonio, 1943-2012
        Para Isabel : uma mandala / Antonio Tabucchi ; tradução Federico Carotti. - 1. ed. - São Paulo : Estação Liberdade, 2024.
        144 p. ; 21 cm.

    Tradução de: Per Isabel : un mandala
    ISBN 978-65-86068-82-5

    1. Romance italiano. I. Carotti, Federico. II. Título.

                      CDD: 853
23-87077   CDU: 82-31(450)

Meri Gleice Rodrigues de Souza - Bibliotecária - CRB-7/6439
27/10/2023   01/11/2023

Nenhuma parte da obra pode ser reproduzida, adaptada, multiplicada ou divulgada de nenhuma forma (em particular por meios de reprografia ou processos digitais) sem autorização expressa da editora, e em virtude da legislação em vigor.

Esta publicação segue as normas do Acordo Ortográfico da Língua Portuguesa, Decreto nº 6.583, de 29 de setembro de 2008.

Editora Estação Liberdade Ltda.
Rua Dona Elisa, 116 — Barra Funda — 01155-030
São Paulo – SP — Tel.: (11) 3660 3180
www.estacaoliberdade.com.br

Sumário

◆ Justificativa em forma de nota — 13

Primeiro círculo.
   Mónica. Lisboa. Evocação — 15

Segundo círculo.
   Bi. Lisboa. Orientação — 37

Terceiro círculo.
   Tecs. Lisboa. Absorção — 47

Quarto círculo.
   Tio Tom. Reboleira. Reintegração — 59

Quinto círculo.
   Tiago. Lisboa. Imagem — 71

Sexto círculo.
   Magda. Padre. Macau. Comunicação — 83

Sétimo círculo.
   Fantasma que Anda. Macau. Temporalidade — 103

Oitavo círculo.
   Lise. Alpes suíços. Dilatação — 113

Nono círculo.
   Isabel. Estação da Riviera. Realização. Retorno — 129

◆ Nota a *Para Isabel: uma mandala* — 141

Este livro, na hipótese da mandala, seria dedicado a uma mulher no círculo da Evocação. Mas na hipótese terrestre é dedicado à minha amiga Tecs, que não é assim que se chama, mesmo que eu a chame assim.

E com ela a Sergio, velho amigo.

Quem sabe, talvez os mortos tenham outro costume.

Sófocles, *Antígona*

Justificativa em forma de nota

Obsessões privadas, arrependimentos pessoais que o tempo rói mas não transforma, como a água de um rio lima seus seixos, fantasias incongruentes e inadequações ao real são os principais móveis deste livro. Mas não nego que ter visto um monge vestido de vermelho, o qual, numa noite de verão, com seus pós coloridos, desenhava para mim, na pedra nua, uma mandala da Consciência, teve influência sobre ele. E ter tido a oportunidade, naquela mesma noite, de ler um breve escrito de Hölderlin que estava fazia um mês na mala sem que eu encontrasse tempo de lê-lo. As palavras de Hölderlin que grifei naquela noite, antes que a lua completasse sua última fase, são estas: "O trágico-moderado enlanguescer do tempo, cujo objeto talvez não diga respeito ao coração, segue o imperioso espírito do tempo com extremo descomedimento e então se manifesta de maneira selvagem; visto que ele não poupa os homens, enquanto espírito do dia, mas se apresenta impiedoso, como espírito do furor eternamente vivo, e não escrito, do espírito do mundo dos mortos."

Talvez pareça curioso que um escritor, passando dos cinquenta anos e depois de ter publicado muitos livros, ainda sinta necessidade de justificar as aventuras de sua escrita. Eu também acho curioso. Provavelmente ainda não resolvi o dilema se se trata de um sentimento de culpa em relação ao mundo ou de uma mais simples e malograda elaboração do luto. É claro, outras eventuais hipóteses são aceitáveis. Quero ressaltar que, naquela noite de verão, voei a Nápoles com a imaginação, porque naquele céu distante havia uma lua cheia. E era uma lua vermelha.

A. T.

Primeiro círculo.
Mónica. Lisboa. Evocação

Eu nunca tinha estado no Tavares em toda a minha vida. O Tavares é o restaurante mais luxuoso de Lisboa, com espelhos oitocentistas e cadeiras de veludo, a cozinha é internacional mas há também a cozinha portuguesa típica, preparada de modo delicado, por exemplo, você pede mariscos com carne de porco, como se faz no Alentejo, e eles preparam como se fosse um prato parisiense, pelo menos era o que me haviam dito. Mas eu nunca estivera lá, só ouvi falar. Peguei um ônibus até o Intendente. A praça estava cheia de putas e cafetões. Era o final da tarde, eu estava adiantado. Entrei num café antigo que eu conhecia, um café com sinuca, e comecei a olhar a partida. Havia um velhinho perneta que jogava apoiado numa muleta, tinha os olhos claros e os cabelos crespos e brancos, acertava os pinos como se tomasse um copo d'água, fez uma limpa em todos os presentes e depois se sentou numa cadeira e deu uma batidinha na barriga como se estivesse fazendo a digestão.

Amigo, quer jogar?, ele me perguntou. Não, respondi, com você eu ia perder com toda a certeza, se quiser podemos apostar um copinho de Porto, preciso de um aperitivo, mas se preferir eu lhe ofereço com prazer. Ele me olhou e sorriu. Seu sotaque é estranho, acrescentou, você é estrangeiro? Um pouco, respondi. De onde você é? Da região de Sirius, disse eu. Não conheço essa cidade, respondeu ele, em que país fica? No Cão Maior, falei eu. Bah, disse ele, todos esses países novos que agora há no mundo... Coçou as costas com o taco de bilhar. E como você se chama?, perguntou. Waclaw, respondi, mas é só o nome de batismo, para os amigos sou Tadeus. Ele perdeu o ar desconfiado e abriu um largo sorriso. Então você foi batizado, disse, e portanto é cristão, sou eu que lhe ofereço uma bebida, o que você toma? Eu disse que tomaria um Porto branco e ele chamou o garçom. Já sei do que você precisa, continuou o homenzinho, precisa de uma mulher, uma bela mulher africana de dezoito anos, custa pouco, é quase virgem, chegou ontem de Cabo Verde. Não, obrigado, disse eu, daqui a pouco preciso ir, vou tentar pegar um táxi, tenho um compromisso importante hoje à noite, estou sem tempo para as moças neste momento. Ele me olhou com ar perplexo. Hum, disse, mas então o que você está procurando por estes lados? Acendi um cigarro e fiquei em silêncio. Também estou procurando uma mulher, disse depois, e ando pedindo notícias dela, parei aqui por acaso para passar o tempo, pois tenho um compromisso com uma senhora que pode me dar informações e quero ouvir o que ela tem para me contar, aliás, agora preciso ir, tem um táxi livre no ponto, é melhor eu me apressar.

Espere um pouco, disse ele, por que você está atrás dessa mulher, sente falta dela? Talvez, respondi eu, digamos que perdi o rastro dela e que vim do Cão Maior justamente para procurá-la, gostaria de saber um pouco mais, é por isso que tenho um compromisso. E onde será esse compromisso?, perguntou-me ele. No restaurante mais luxuoso de Lisboa, respondi, é um lugar de espelhos e cristais, nunca estive lá, imagino que vai sair bem caro, mas não sou eu que vou pagar, o que você quer, amigo, estou aqui de licença, com uns poucos trocados no bolso, não faz mal aceitar um convite. É um lugar fascista?, perguntou o velhinho. Não sei dizer, respondi, francamente nunca tinha pensado a coisa nesses termos.

Levantei com pressa despedindo-me dele e saí. O táxi ainda estava parado no ponto. Entrei no automóvel e disse: boa noite, para o Tavares, por favor.

Nós nos conhecemos no colégio das Escravas do Amor Divino de Lisboa. Tínhamos dezessete anos. Isabel era um mito para a classe toda, porque vinha de um liceu francês. Sabe, o liceu francês, naquela época, era um local de resistência, lá davam aula todos os professores que não conseguiam lugar nos liceus estatais por causa de suas ideias antifascistas, e ir para o liceu francês significava conhecer o mundo, fazer viagens de estudo a Paris, estar ligado à Europa. Nós, por nosso lado, vínhamos do liceu estatal, uma merda, desculpe o termo, estudava-se a constituição corporativa salazarista e os rios de Portugal, e se dividia em trechos idiotas o poema nacional, *Os Lusíadas*, que é um belo poema marítimo, mas que era estudado como se fosse uma batalha africana. Porque naquela época havia as colônias. Não se chamavam colônias, se chamavam Ultramar. Belo nome, não? E tinha gente que ficou rica com o Ultramar, aliás era normal nas famílias das moças que frequentavam o colégio, todos salazaristas ferrenhos, uns fascistões, mas nossos pais não, quero dizer, os meus e os de Isabel, talvez tenha sido por isso também que nos tornamos amigas, pela identidade comum de nossas famílias.

A família dela era da velha nobreza portuguesa, não tinha nenhuma relação com o salazarismo, era uma família em decadência que possuía propriedades no Norte, em Amarante, onde fazem o pão com os formatos mais estranhos, mas, como falei, era uma família sem dinheiro e sem poder, as propriedades do Norte tinham sido todas elas locadas a arrendatários ou a lavradores e não rendiam nada. Passamos algumas férias de verão, Isabel e eu, em sua casa de Amarante. Não era uma casa, era uma torre medieval de granito cheia de relíquias e baús que dava para o rio, e éramos felizes. Eram bonitos os verões naquela época. Isabel usava um chapéu de palha. Seu rosto oval ficava mais gracioso com aquele chapéu engraçado que algum parente seu tinha trazido de uma viagem à Toscana. E também pintava. Estava convencida de que ia virar pintora e pintava janelas. Janelas com as venezianas fechadas, janelas com as venezianas abertas, janelas com cortinas, janelas com parapeitos, mas sempre janelas, como há no Douro ou no Minho, com aqueles lindos batentes de madeira e às vezes cortinas de linho. No entanto nunca colocava figuras humanas, os personagens estragam o mistério, dizia, veja, eu pinto aquela janela que é tão misteriosa quando não há ninguém, mas se pintasse a pessoa que fica junto a ela o mistério acabaria na mesma hora, é o veterinário de Amarante, tem cavanhaque e usa uma redinha na cabeça para não se despentear quando dorme, imagine que ele vem até a janela e faz flexões, sabe que ontem, enquanto eu estava pintando sua janela, ele veio até ela e ficou todo empertigado no parapeito, fez de conta que não me viu mas me via muito bem, só que olhava para o céu com ar inspirado, é evidente que estava orgulhosíssimo de entrar no quadro, mas eu o engano, não o coloco.

    E também saíamos para passear. O rio, logo adiante de Amarante, forma enseadas onde a água fica parada e ali crescem rãzinhas. Passávamos as manhãs pescando rãzinhas, mas em Portugal não sabem pescar rãzinhas porque não comem, e inventamos um sistema igual ao dos meninos para apanhar lagartixas. Pegávamos um junco fresco, fazíamos um laço na ponta e depois púnhamos o laço perto da cabeça da rãzinha e, quando ela se mexia para dar um pulo, *zact*, a gente pegava. Naquela época ainda não existiam saquinhos de plástico e tínhamos uma sacolinha trançada em rede, daquelas usadas para fazer compras, assim as rãzinhas punham a cabeça pelo entrançado e era um espetáculo nos verem passar por Amarante, eu de calças e Isabel com seu chapéu de palha de Florença, enquanto levávamos uma sacola cheia de rãzinhas. O povo achava que éramos doidas e gostávamos disso, porque naquela idade a gente gosta dessas coisas.

    À noite matávamos as rãzinhas, mas essa tarefa cabia a mim, porque Isabel se recusava. É preciso cortar a cabeça das rãzinhas de uma facada só, e por alguns minutos elas continuam a espernear mesmo decapitadas, até acabar a energia vital. Veja, dizia Isabel, se algum dia me matarem acho que é bem assim que vou fazer, dar uns pontapés no ar, porque não se pode cortar a cabeça de uma pessoa, mas se pode enforcar, o que é parecido, a gente dá quatro pontapés no vazio e então boa-noite a todos. Cozinhávamos as rãs à provençal, que era como Isabel gostava, pois tinha estado na França com o liceu francês, em Arles, e comeu as rãs à provençal, com alho e salsinha, e dizia que era o prato mais gostoso do mundo. Mas depois logo enjoamos de comer as rãs à provençal. Aquelas perninhas inquietantes, tão brancas e tão delicadas, quase insossas, enquanto a família comia cabrito assado e sopa seca. E naquela idade se tem um bom apetite. Claro, é fácil mitificar o alimento exótico que se comeu na Provença, mas depois vem a fome. E assim começamos a soltar as rãs no jardim e ele logo ficou cheio delas, por todos os lugares, na grama, nos arbustos, no tanque dos peixes vermelhos, entre as touceiras de bambu.

A sorte é que os pais de Isabel eram pessoas espirituosas, não se preocupavam com aquela invasão, estavam sempre alegres, disponíveis, eram compreensivos. Depois morreram num acidente de carro, mas essa é outra história, aliás, a mesma história. Às sextas íamos a Barcelos, onde ficava o mercado mais bonito de toda a região. Talvez o senhor não possa imaginar como os mercados eram bonitos naquela época, na província. Ou talvez possa. Pegávamos um ônibus de manhã cedo que nos levava a Braga, e dali um outro ônibus para Barcelos. Era o tempo de circular um pouco entre as terracotas, sabe, em Barcelos fazem galos coloridos de terracota que são o símbolo de Portugal e uma infinidade de outras coisinhas de argila, bonequinhos, estatuetas populares, presépios, bandas musicais, gatos, jarras e pratinhos, e depois íamos almoçar.

Escolhíamos sempre restaurantes populares, que viviam lotadíssimos de clientes do mercado. Velhinhos e velhinhas que vinham de todo o Minho, uns para procurar uma galinha, uns para comprar um pato ou uma vaca, os mais pitorescos eram os intermediários, usavam lenço vermelho no pescoço e tomavam vinho verde, eram magníficos, mesmo à mesa se comportavam como se estivessem no mercado, gritavam, agitavam os braços, suavam. Fazia calor em Barcelos, e no restaurante misturavam-se os odores dos alimentos e o mau cheiro dos animais na praça, era bonito e novo para mim e Isabel, que passávamos o ano numa cidade como Lisboa, e nos sentíamos excitadas, estávamos fascinadas com os intermediários, queríamos nós também comprar alguma coisa e um dia compramos um cabrito. Era um animalzinho bem novo, branco e preto, com um focinho malhado e as pernas frágeis, levamos para casa de ônibus numa cesta e por alguns dias lhe demos leite na mamadeira, porque ainda não tinha desmamado. Pusemos no jardim, fizemos uma cabana de folhas para ele e de manhã, quando íamos fazer compras em Amarante, levávamos o cabritinho junto numa coleira. Nem lhe conto como nos olhavam na cidadezinha, eu de calças e Isabel com o chapéu de palha de Florença, não tínhamos mais a sacola com as rãzinhas mas um cabrito na coleira, e além do mais Isabel queria comprar na padaria o pão em forma de órgão masculino como fazem em Amarante, só que esse pão quem compra são as empregadas para fazer canapés, mas nós o comprávamos de propósito para que nos vissem, e enchíamos a sacola de rede com eles, era um escândalo, todos nos olhavam, até o veterinário que gostava de ginástica não aparecia mais na janela. Enfim, era cômico.

E depois os verões terminaram. Terminaram porque estávamos na universidade. Ou melhor, porque os pais de Isabel haviam morrido. Morreram, como disse, num acidente de automóvel. Na estrada de Póvoa de Varzim depois do almoço, depois que o pai de Isabel se empanturrara de comida e bebida. Nunca se soube de quem foi a culpa, porque foi uma batida de frente. Creio que o pai de Isabel tinha bebido demais, porque ele gostava de beber, eu o conhecia. Não morreram imediatamente. Ficaram três dias em coma e depois morreram juntos, ele e a esposa. É engraçado, não é?, entrar em coma juntos e depois morrer ao mesmo tempo porque não há mais nada a fazer, o coração deixa de bater e a essa altura os médicos desligam os tubos. Mas foi assim que ocorreu.

Isabel e eu passamos três dias e três noites no hospital do Porto, na unidade de tratamento intensivo. Dormíamos numa saleta lateral, com a cumplicidade de uma enfermeira, e de vez em quando entrávamos nas salas dos pacientes. Papai, papai, sou eu, dizia Isabel, mamãe, está me ouvindo?, você se lembra das rãzinhas que levávamos para a casa de Amarante eu e minha amiga Mónica, veja, queremos levar de novo no próximo verão, vamos, mamãe, acorde, saia desse coma de merda, quero que você me dê um sorriso, que você me aconselhe outra vez sobre as roupas como fazia antes, que você me repreenda *parce que je ne suis parfaite* como você gostaria, eu preciso disso, mamãe.

Mas a mãe dela não a repreendeu mais, nem o pai. Morreram juntos, como já lhe disse, exatamente na mesma hora, e preparamos o funeral. Isabel mandou enterrá-los num pequeno cemitério perto de Amarante, no campo, num vilarejo, na mesma capela. Quando fomos ao funeral era um belo dia de outubro e fazia um sol quente. Isabel estava de azul-escuro, enquanto eu tinha posto um vestido bege, que me fazia parecer mais velha do que ela. Você viu, me disse Isabel quando voltamos do cemitério, acabaram-se, sabe, Mónica, terminaram os verões com as rãzinhas, os jantares em Barcelos, acabou a infância, eles não estão mais aqui, sou órfã e você também é um pouco órfã, creio eu. De fato, eu também me sentia um pouco órfã. Porque os pais de Isabel eram verdadeiros pais, coisa que meus pais nunca foram. Meu pai estava sempre viajando para a Mercedes-Benz, ou a negócios, como se dizia em casa, e minha mãe tinha suas amigas e seus compromissos. E assim fiquei um pouco órfã. Os passeios ao rio, a velha casa de Amarante, os verões de sonho: tudo acabado.

PARA ISABEL

Voltamos a nos encontrar na universidade, mas não era mais como antes. Eu tinha me matriculado em letras clássicas, o que equivalia, na divisão ideológica que então existia na Universidade de Lisboa, a uma escolha conservadora. E, de fato, os estudantes das matérias clássicas não se mobilizavam para nada, nunca faziam assembleias, não apareciam sequer no refeitório, que era o lugar onde mais se discutia. Isabel se matriculou em línguas modernas, e ali sim havia vida. Um professor dava um curso sobre Camus e o existencialismo, outro dava um curso sobre o surrealismo em Portugal, e até vieram alguns poetas do glorioso movimento ler seus textos, agora não lembro mais quem eram, mas eram poetas muito conhecidos, foi um triunfo, a aula magna estava lotada, lembro-me de Isabel, que se tornara líder estudantil e apresentou os poetas aos estudantes, até no chão havia rapazes sentados, não que esses poetas falassem diretamente contra o fascismo, isso não se podia, mas seus poemas eram anticonformistas e de certa forma revolucionários, revolucionários entre aspas, porque naquela época tudo era entre aspas.

Isabel se apresentou no palco com uma echarpe cor-de-rosa, isso também era um sinal, naquela época não se podia usar vermelho, usavam-se cores próximas, mas esse também era um sinal. Pareceu-me estranho reencontrar Isabel no palco daquela assembleia, falava com desenvoltura, talvez tivesse uma leve inflexão de nervosismo na voz, leu as notas biográficas dos poetas e disse: dois poetas livres que nos honram, porque a poesia livre hoje está banida. Naquele momento irromperam aplausos fragorosos, um dos poetas se levantou e leu um poema surrealista que ridicularizava os valores burgueses e a assembleia parecia enlouquecida, depois o outro poeta subiu e leu uma homenagem a García Lorca trucidado pelos fascistas, hoje pode parecer engraçado, mas naquela época uma coisa dessas era um grande acontecimento político, talvez o senhor saiba melhor do que eu, Portugal era um país esquecido pela Europa e esquecido da Europa, estávamos fechados num beco sem saída, numa espécie de mosteiro embolorado cujo sacristão era António de Oliveira Salazar. E tudo se dava como num mosteiro: convenções, hábitos, rituais, os encontros entre rapazes na casa de alguém, festinhas apagadas e melancólicas.

Às vezes Isabel organizava em sua casa uma sessão de fado castiço, quer dizer, o fado nobre, como o senhor sabe, essa também era outra contradição de Isabel, assembleia com os revolucionários na universidade e fado nobre em casa, mas eu gostava dessas reuniões, às vezes ia, lembro que certa vez apareceu Thereza de Noronha, que para nós era um mito, vinha de uma velha nobreza, cantava com voz orgulhosa fados antigos, Isabel acendia as velas de um candelabro na mesa da sala, havia para todos uma garrafa de Porto, ouvíamos compungidos as palavras da cantora, a fadista nobre usava um xale nos ombros, e todos ali em veneração ao redor das velas e do vinho do Porto. Estávamos celebrando um rito e todos tinham consciência disso, enquanto o mundo corria, o mundo lá fora, mas naquelas reuniões na casa de Isabel parecíamos nem perceber.

Isabel usava blusas de malha cor de malva feitas pela babá, que continuara a viver com ela, era uma senhora de idade que tinha sido sua ama quando criança, foi ela quem fez as vezes dos pais, era de Beira Baixa, falava ainda com forte sotaque da província embora já morasse há muitos anos em Lisboa, é ela que sabe tudo sobre Isabel, ficou perto dela em seus anos mais difíceis, uma verdadeira dedicação, mas talvez eu esteja divagando, estou divagando? Bom, não tem importância, de todo modo pode ir perguntar para a babá, não que eu saiba muitas coisas sobre Isabel, a essa altura só sei de ouvir dizer. Ouvia-se dizer daquela história de amor, mas, repito, eu tinha praticamente perdido Isabel de vista.

Tenho a impressão de que essa história foi a ruína dela, foi ali que tudo começou, quer dizer, o fim dela começou. Porém, falo só de ouvir dizer. Parece que tinha conhecido um rapaz estrangeiro na universidade, agora não sei de que nacionalidade era, acho que era andaluz, mas de certeza só sei que tinha bolsa de estudos. Vi algumas vezes os dois juntos, porque eram inseparáveis, agora que penso nisso era espanhol mesmo, não lembro mais, passaram-se tantos anos. Uma vez jantamos juntos no Toni dos Bifes, que era uma cantina pequena perto do Saldanha onde se gastava muito pouco ou quase nada, a cozinha era simples mas farta e Isabel e o namorado iam sempre lá. Lembro-me bem daquela noite. Isabel estava muito excitada porque na mesa ao lado estava um escritor importante com toda a redação da revista *Almanaque*. Muitas vezes o pessoal da revista se reunia ali no Toni dos Bifes. Na época aquela revista era um mito, porque ridicularizava tudo e todos, a pátria e as instituições, os burgueses, as tradições e os descobrimentos marítimos de que Portugal tanto se orgulhava, era uma revista temerária que atraía os jovens e os anticonformistas e Isabel era jovem e queria ser anticonformista. Depois o escritor viu o estrangeiro e o cumprimentou, ou melhor, levantou-se e veio à nossa mesa. Estendeu-nos a mão com ar cordial. Era baixo e corpulento, com aspecto de camponês, ao vê-lo ninguém diria que era o escritor refinado que era, mas os escritores são sempre assim, enganam. Estávamos comendo um bife com ovo por cima, que era o prato mais barato da cantina, e o escritor perguntou se queríamos sentar junto com eles. Assim levamos nossos pratos, mas a redação do *Almanaque* nos ofereceu uma travessa de arroz com pato, dizendo que os jovens precisam se alimentar bem.

Depois o escritor e o estrangeiro começaram a falar de Vittorini e do neorrealismo italiano, Isabel de vez em quando dizia alguma coisa, havia lido *Homens e não* e admirava a resistência italiana, sim, lembro bem, o namorado de Isabel era mesmo espanhol e tinha toda a pinta de ser andaluz, cabelos negros e um nariz afilado, como os ciganos ou os judeus espanhóis. Ele chamava as moças portuguesas de "piolhinhas" e o escritor aproveitou rapidamente a deixa para levar a conversa para Sá-Carneiro, que definia os burgueses como piolhos, aliás, como lepidópteros. Assim a noite terminou numa conversa sobre lepidopterismo e cada redator da revista encontrou uma categoria diferente para o lepidóptero. Ouvir as partidas de futebol na rádio era lepidóptero, ir à praia aos domingos era lepidóptero, comer bacalhau era lepidóptero, ir à confissão era lepidóptero, usar roupas escuras era lepidóptero, levantar cedo era lepidóptero, jantar nos restaurantes caros era lepidóptero, manter um diário era lepidóptero. E assim por diante. Foi a noite do lepidopterismo. Quando saímos, Isabel me perguntou qual de nós seria o maior lepidóptero. Respondi prontamente que seria eu. Porque era verdade. Eu era a mais burguesa, a mais ligada aos hábitos e às tradições. Isabel já tomara seu rumo, quase se tornara uma estrangeira, não a reconhecia mais, quase se tornara estrangeira para mim também, talvez não tivéssemos mais nada para dizer uma à outra.

E, de fato, não foi ela que me falou daquela história que estava vivendo, como eu lhe disse ouvi algumas conversas que circulavam na universidade. A meu ver é tudo mentira, as más-línguas sempre existiram, mas naqueles anos terríveis circulavam com maior ferocidade. Parece que o estudante espanhol era amigo de um escritor polonês e o apresentou a Isabel. Nasceu uma amizade. Era uma amizade a três, mas a meu ver não foi além da amizade, enfim: piquenique em Ericeira, domingos na balsa no Tejo tentando não ser lepidópteros e coisas assim. A meu ver Isabel fazia isso exatamente para não ser lepidóptera, para se mostrar aquela mulher livre que queria ser e que talvez não fosse, quem sabe. Em todo caso, na universidade ouvi dizerem que teve complicações, parece. Digo parece porque não sei com certeza, foi o que me cochichou certa vez uma estudante que não a conhecia muito bem, era uma comunista que Isabel frequentava provavelmente para não se sentir lepidóptera, uma pequena fanática além do mais moralista como eram os comunistas daquela época, e me disse: Isabel está grávida, parece, só que não se sabe se do espanhol ou do polonês. E depois me deu a entender que Isabel tinha aderido ao Partido Comunista, por isso não aparecia mais, levava uma vida semiclandestina porque escrevia no *Avante* com um pseudônimo, Magda, me parece, ou algo do gênero. Mas o que Isabel há de escrever no jornal do Partido Comunista?, perguntei eu, o que há de escrever com a infância que teve, com suas origens, com a vida que sempre teve? Escreve apelos para a juventude democrática, respondeu-me aquela tonta, tornou-se a maior ideóloga de nosso jornal, seus artigos são fustigadas, convocações, comícios, é uma grande figura, essa sua amiga, só que agora está em apuros. Mas eu tinha perdido Isabel de vista.

Quem me trazia notícias de vez em quando sobre ela era aquela comunista que depois foi para Angola combater ao lado dos movimentos de libertação e nunca mais foi vista, sorte dela, não lembro mais nem mesmo como se chamava, se chamava Fátima, acho, e me disse: sabe, Isabel decidiu abortar, todos a abandonaram, menos a babá e nós companheiros, mas a babá não sabe nada dessa história horrível.

E eu lhe disse: amiga, você me parece um pouco tola, conheço Isabel melhor do que você, essas histórias que me conta parecem saídas da clandestinidade em que você vive, veja que Isabel não tem espírito de clandestina, sempre fez todas as suas coisas à luz do dia, vá passear, você e seu partido. Isabel, nunca mais a vi.

No entanto essa comunista voltei a ver algum tempo depois e ela me disse: Isabel está com depressão, parece que os problemas dela lhe causaram depressão, não consigo falar com ela, parece que foi viver numa cidadezinha do Norte, você sabe como encontrá-la? Procurei o número de Amarante mas foi a babá que atendeu, Isabel não estava, não sabia por onde andava e depois me disse: Mónica, querida Mónica, se conseguir saber algo sobre Isabel me conte, estou tão preocupada, queria avisar a polícia mas alguns daqueles seus amigos desconhecidos me telefonaram e disseram para não avisar a polícia mesmo que ela não apareça, parece que é uma questão de vida ou morte, estou confusa, quero saber de minha Isabel, não sei onde ela está, o que anda fazendo, me sinto muito mal. Eu também me senti muito mal em dar esse telefonema. O que havia acontecido com Isabel? Onde fora parar? Por que não dava mais sinais de vida? E também: era verdade a história que a comunista me contou? E, se fosse verdade, Isabel precisava de alguém que a ajudasse, que lhe fizesse companhia, que lhe dissesse palavras de conforto. E eu era a única capaz disso, era sua velha amiga de verdade, que a conhecia desde os tempos da infância, era possível que tivesse esquecido tudo, a amizade, os verões em Amarante, as rãzinhas?

Foi assim que me pus a procurá-la. Entrei em contato com um companheiro da comunista, a qual nesse meio-tempo tinha ido para a África. Era um rapazote carequinha, um estudante cabulador que nunca ia às aulas mas frequentava assiduamente o refeitório. Fazia atividades clandestinas, era tão evidente que fiquei espantada que a polícia política ainda não o tivesse identificado. Mas a polícia política, que parecia muito informada, também era tola, não conseguia controlar a universidade, assim o carequinha lhe escapava. Um dia o peguei no refeitório. Pus-me atrás dele e disse como se falasse ao ar: sou uma amiga de Isabel, quero saber que fim ela levou. Estávamos pegando comida no self-service para pôr na bandeja e ele não se alterou, vê-se que era um sujeito acostumado à clandestinidade, dirigiu-se para a mulher que servia no balcão e disse: não estou com vontade de bacalhau, me dê daquela pescada com ervas, e depois continuou como se falasse com a garçonete: Isabel está com problemas psicológicos, está num local reservado, não posso lhe dar o contato, sinto muito. Vá se foder, respondi pegando o prato. E aquela foi a última vez que ouvi alguém falar de Isabel. Porque na semana seguinte saiu um anúncio no *Diário de Notícias*, o jornal matutino com maior número de leitores. Dizia: os amigos de Isabel Queiroz do Monte participam que aprouve a Deus chamar Sua dileta filha Isabel, pela qual será celebrada a missa de sétimo dia amanhã, 18 de abril, na Igreja da Encarnação, em Cascais, às onze horas.

No dia seguinte fui a Cascais. Fazia um dia magnífico. Percorri a pé toda a baía e parei num café. Estava adiantada e precisava esperar um pouco, a baía estava cheia de veleiros prontos para a regata, percorri toda a curva da praia, fumei um cigarro, pensei em Isabel, preparei-me espiritualmente e cheguei à Encarnação, que é uma igrejinha de onde se tem o mais belo panorama de Cascais. Diante da igreja havia um peixeiro com sua carrocinha vendendo frutos do mar. Comprei alguns e comecei a comê-los, sentada num banco de pedra, esperando. Às quinze para as onze percebi que ainda não havia ninguém. Esperei mais um pouco comendo meus frutos do mar e depois entrei na igreja. A Encarnação, mais do que uma igreja, é uma capela de marinheiros. Há ex-votos antigos e o púlpito é dominado por uma Virgem que um marinheiro de outrora havia pintado em suas viagens. Ajeitei-me num genuflexório e esperei.

Às onze chegou o pároco acompanhado por dois coroinhas, e antes de celebrar a missa especificou para mim apenas: esta é a missa de sétimo dia de nossa querida irmã Isabel, que Nosso Senhor chamou a si. Depois da missa alcancei-o na sacristia. Padre, disse, sou uma velha amiga de Isabel, queria saber como morreu. Ele me olhou com grandes olhos espantados e respondeu: eu também não sei, recebi somente a tarefa de celebrar a missa de sétimo dia, porém não sei como morreu. E não sabe onde ela está enterrada, perguntei eu, e quem são esses amigos dela? Não sei, disse ele, realmente não sei. Mas o senhor conhecia Isabel?, perguntei. Claro que conhecia, respondeu, conheci quando criança, e depois, nos últimos tempos, ela veio se confessar. E o que disse?, perguntei eu. Isso não posso lhe dizer, minha filha, respondeu-me, é segredo de confissão. E o senhor sabe como ela morreu ou onde está seu corpo?, perguntei-lhe. Ele tirou a estola e me olhou com ar desolado. Não sei, respondeu ele, não sei de nada, me disseram que morreu e acreditei que assim fosse, me telefonaram alguns companheiros seus da universidade e me depositaram um óbolo para a missa de sétimo dia, porém não vi Isabel morta e não sei onde está enterrada, não sei por que você me pergunta, visto que os amigos dela sabem, você não é amiga dela? Sou, respondi, mas ultimamente ela estava em contato com amigos que levam uma vida pouco clara, padre, o senhor sabe como são as coisas neste país, não consegui saber nada.

Saí para a baía de Cascais. Passava do meio-dia e o mês de abril rebrilhava. Parei num restaurante e pedi um peixe grelhado. O garçom me trouxe o peixe e perguntou se eu queria fazer um passeio turístico até a Boca do Inferno. Respondi que não gostava de passeios turísticos. De Isabel não soube mais nada. Correram rumores de que tinha se suicidado, mas não eram rumores confiáveis, vinham de pessoas da universidade que sabiam tanto quanto eu. O carequinha desapareceu, e a comunista, como lhe disse, tinha ido para Angola. A única pessoa que talvez possa dizer alguma coisa a mais, se ainda estiver viva, é a babá, Brígida Teixeira, ou Bi, deve morar ainda no antigo endereço, na travessa da Palmeira, o número não sei, mas todos na rua podem indicá-lo ao senhor. Repito, se ainda estiver viva. Não tenho mais nada a lhe dizer.

Segundo círculo.
Bi. Lisboa. Orientação

Como nunca o vi na casa de Amarante, e o senhor afirma ter conhecido Isabel, quer dizer que a conheceu tarde, quando já era uma mulher, embora para mim nunca tenha se tornado mulher, continuou sendo minha menina. Eu me chamo Brígida, Brígida Teixeira, mas ela me chamava de Bi e para sempre fiquei sua Bi, como me chamava quando era pequena e como sempre continuou a me chamar: Bi. Ainda ouço sua vozinha de criança, quando estava doente: Bi, Bi, quero você, quero sua companhia, quero minha Bi. E então eu subia as escadas e levava para ela um brinquedinho, um suco de laranja, um doce que eu mesma tinha feito. Quando pequena estava sempre doente, sofria de asma. Foi um drama, porque asma não tem cura, mais do que doença é um sintoma, e parecia que não havia nada a fazer. A mãe dela estava desesperada. Depois, por iniciativa própria, conversei com um médico homeopata que era o filho de um primo meu, um bom rapaz que trabalhava no Hospital de Santa Maria e era médico normal, mas que à tarde tratava seus pacientes segundo seus métodos. Ele veio vê-la e me disse: é uma asma psicossomática, essa menina tem problemas psicológicos, não sei dizer que problema é, seria preciso um psicólogo, mas são todos problemas mentais. A psicóloga fui eu e para alguém que a conhecia como eu não era muito difícil. Naquela época, seu pai não estava, nunca estava, estava sempre em Paris, e quando estava era como se não estivesse. Isabel me atormentava: Bi, papai escreveu?, Bi, papai telefonou?, Bi, quando papai volta? Sentia falta do pai, era um pouco apaixonada por ele como ficam todas as meninas nessa idade com o pai. Coitado, era de se entender, as propriedades de Amarante geravam mais dívidas do que lucro, um amigo de Paris lhe propôs participar numa empresa francesa de importação-exportação que fazia negócios com Portugal, ele vendera alguns hectares e estava fazendo o possível para tocar para a frente. Sua ausência se fazia sentir. E a mãe de Isabel não era de grande ajuda para a menina. Estava ocupada demais com a paróquia. Acontece que naqueles tempos havia numa das paróquias elegantes de Lisboa um padre que metera na cabeça contrariar as regras do patriarca, que era um grande fascistão, Deus nos livre e guarde. Contrariar aquelas regras era uma loucura, naqueles tempos, porque o patriarca era unha e carne com Salazar, tinham crescido juntos, Salazar inclusive era seu sacristão, e esse pároco, uma boa pessoa, certamente, mas também um pouco presunçoso, pôs-se a lutar contra os moinhos de vento. Assim foi que um belo dia a polícia política chegou na paróquia e disse: faça o favor de nos acompanhar. Certos ambientes de Lisboa entraram em agitação, porque tocar naquele padre significava tocar em certos católicos de grande importância na opinião pública. Como, perguntavam-se esses católicos, como é que um pároco como esse vai para a cadeia porque fez do púlpito um discurso contra os fariseus?, isso está no

Evangelho. E começaram a se formar comitês em sua defesa. À frente de um desses comitês estava a mãe de Isabel. Talvez sentisse uma queda por esse pároco, não nego, era um homem bonito, não posso dizer que não, alto, de pele morena, cabelos negros e brilhantinados, tinha vindo algumas vezes tomar chá conosco e a mãe de Isabel lhe reservava todas as atenções. Quando foi preso, a senhora tomou a notícia como uma catástrofe. Cara senhora, eu lhe disse, o que é que tem um preso a mais ou a menos, o Forte de Peniche está cheio de prisioneiros políticos, metade deste país está na cadeia, cara senhora, talvez até precise de um padre, assim pode confessá-los e confortá-los. Mas ela não dava ouvidos à razão. O dia todo no telefone com as amigas, com o comitê, com a secretaria do patriarcado, e depois à noite reuniões intermináveis num clube feminino que ficava para os lados da avenida Duque de Loulé onde se reuniam as senhoras elegantes de Lisboa. Isabel ficava sozinha comigo todas as noites, tinha medo de ir se deitar e eu a levava. Só que não queria fábulas nem histórias para adormecer, aliás não era mais menina, já era uma mocinha, uma mocinha lindíssima. Vinha com umas conversas estranhas. Dizia-me: os adultos sempre encontram um amante, papai, quem sabe, encontrou uma amante em Paris, mamãe, por sua vez, encontrou um amante ideal, mas nunca teria coragem de fazer amor com ele, porque é um padre que pensa só nos fariseus, a meu ver esse padre é um completo idiota. E eu lhe dizia: Isabel, uma mocinha como você não deve falar essas coisas. E ela me respondia: Bi, você sempre viveu conosco e tenho certeza de que nunca conheceu um homem, nunca teve um amante, mas eu, quando chegar a hora, vou encontrar um amante, vou escolher um homem presunçoso, como mamãe conhece, vou fazer que se apaixone loucamente por mim e vou fazê-lo morrer de desgosto. E eu lhe dizia: não deve me dizer essas coisas, você é uma mocinha, essas coisas são para os adultos, você é minha pequenina, não pense nessas coisas, Isabel. E ela insistia: não é verdade, sou quase adulta, vou encontrar um amante e vou fazê-lo morrer de desgosto. Pois então, essa era minha Isabel.

Tinha falado de um fôlego só. Calou-se e olhou para mim. Só então percebi que devia ser velhíssima. Era um depósito decrépito de memórias.

Cara senhora Brígida, disse eu, sua história enternece muito, ali vejo que a senhora tem muita ternura por Isabel, porém para mim não basta, gostaria de saber outras coisas. Ela me olhou com ar desconfiado. Não sei o que mais posso lhe dizer, respondeu, eu era apenas a babá dela. A babá dela não deixaria de notar que Isabel teve problemas com a polícia, disse eu, problemas graves, e era a polícia política. Ela me olhou com um ar ainda mais desconfiado. Quem lhe disse isso?, perguntou-me. Foi a Mónica, respondi. Certo, certo, disse ela pensativa, a senhorita Mónica, mas por que não perguntou para a senhorita Mónica? Porque Mónica sabe menos do que a senhora, cara Bi, disse eu, se me permite chamá-la assim, e afirma que a senhora cuidou de Isabel quando a polícia política estava a procurá-la. Foi a senhorita Mónica que lhe disse isso?, perguntou Bi. Foi Mónica que me disse, confirmei, por que negar?, não negue, cara Bi, pois seria renegar. Eu não renego nada, disse Bi como se tivesse levado uma ferroada, claro que não renego aquele momento em que minha Isabel precisava de mim. Então me fale desse momento, disse eu. Ela se serviu um copo d'água da jarra que estava em cima da mesa. Uma noite ela bateu à minha porta, sussurrou, devia ser meia-noite, e me disse, Bi, a polícia está me procurando, chovia, estava toda ensopada. Fez uma pausa. E então?, perguntei eu. Não me interrompa, por favor, disse. Deixei-a falar.

Chovia, estava com os cabelos molhados, estava toda ensopada. Bel, disse eu, minha pequena Bel, como assim a polícia? Mas ela não falou mais. E eu a segui-la no corredor e a perguntar: como assim a polícia?, por que a polícia?, o que aconteceu? E ela calada. E eu, que lhe preparava um leite quente, a insistir: o que você aprontou para a polícia estar à sua procura?, que tipo de história é, é uma história política? Bi, sua tonta, respondeu-me, claro que é uma história política, não faça mais perguntas, e se alguém me procurar eu não estou, talvez venha alguém dizendo que é o contato, esses são amigos, passarei fora o dia todo, de vez em quando venho dormir. Mas uma tarde chegaram alguns homens. Era a polícia política. Olharam por tudo, com arrogância, e me fizeram muitas perguntas. A senhora sabe onde ela está e precisa nos dizer, intimaram-me. Respondi que a conhecia quando trabalhava na casa dela e que não sabia de mais nada. E quem dorme aqui?, perguntaram olhando o quarto onde Isabel dormia. Aqui quem dorme é minha amiga Maria da Conceição, menti, era uma confeiteira que antes trabalhava em casa de gente rica, mas agora está aposentada. E assim aquela noite, quando Isabel voltou, lhe contei tudo. Ela pegou uma sacola que escondera e por sorte a polícia não encontrara, acho que havia livros e folhetos dentro, se o contato vier me procurar aqui diga que fui para a casa de uma amiga de confiança, disse, me deu um beijo e foi embora, e depois nunca mais a vi.

Tomou fôlego e se serviu de mais um copo d'água. Nunca mais a vi, repetiu. Pode ser, respondi, mas o necrológio no jornal deve ter visto, não é possível que ninguém a tenha avisado. A velha Bi me olhou um pouco de atravessado por cima dos óculos. A que necrológio se refere?, perguntou. À missa de sétimo dia na capela de Cascais, respondi. Isso também foi a senhorita Mónica que lhe disse?, perguntou-me. Mónica esteve lá naquele dia, respondi, mas não havia ninguém. Foi uma brincadeira de mau gosto, respondeu ela, sempre tem algum imbecil que faz essas coisas no jornal. Portanto, disse eu, Isabel não se suicidou. Que ideia, disse ela, pode imaginar minha pequena Bel se suicidando, com o caráter que tinha? E então?, perguntei eu. Então o quê?, disse ela. Então aonde Isabel foi parar? Ela abriu os braços. Aonde a conduzia o destino, disse. Mas a senhora sabe de algum rastro?, perguntei, sabe onde está? Que nada, suspirou ela. E então acrescentou: desculpe, senhor, acha que mesmo se eu soubesse iria dizer justo para o senhor que eu nunca vi nem conheci?, e afinal por que tanto interesse seu? É um assunto particular, respondi, seria longo demais explicar.

Parecia ter chegado a um ponto morto. Se Bi não sabia, era inútil insistir. Se sabia era igualmente inútil insistir, não daria notícias de sua Bel a um desconhecido que ia à sua casa tantos anos depois. E então eu disse: Mónica não sabe mais do que um tanto, naquela época quase nem se davam mais, mas a senhora, cara Bi, certamente sabe com quem Isabel se dava naqueles dias que passou escondida em sua casa. O contato, respondeu ela prontamente, ela se dava com o contato. E quem era o contato?, perguntei, que cara tinha? Era desconhecido, disse ela. Claro, disse eu, desconhecido, no entanto Isabel devia ter alguém naqueles dias que a senhora talvez conheça. Ela pareceu vagar no vazio. Sei de uma instrumentista, respondeu, naquela época ela se dava com uma instrumentista, morava então na travessa do Carmo, mas agora não sei mais onde mora, é uma instrumentista que toca música moderna, tem um nome estrangeiro, me disseram que toca num lugar da praça da Alegria, sabe, aquela música que os negros inventaram, não sei como se chama, e também o nome daquela moça não lembro mais, é um nome estrangeiro. E agora boa noite, me desculpe, à noite me deito cedo.

Terceiro círculo.
Tecs. Lisboa. Absorção

Os domingos de Lisboa, tal como podem ser certos domingos de Lisboa quando vem um denso nevoeiro atlântico e envolve a cidade. De manhã o que se faz?, vai-se à missa em S. Domingos, me dizia um amigo meu, e de tarde tomam-se quatro pingos de chuva e coça-se a barriga.

Foi o que fiz. Mas não fui à missa, nem tomei quatro pingos de chuva nem cocei a barriga. E enfim chegou a noite.

Saí da Alexandre Herculano e comecei a percorrer toda a avenida da Liberdade. Parei na frente de uma vitrine de uma companhia aérea onde havia uma enorme fotografia publicitária com o convite para visitar um deserto. Mesmo Lisboa estava meio deserta, naquela hora. Eu não tinha comido e não estava com fome, só precisava criar coragem. Parei diante do Hotel Tivoli e pensei em entrar no bar, talvez me fizesse bem, antigamente tinha um velho garçom que eu conhecia, chamava-se Joaquim.

Ele estava no bar com sua gravata-borboleta e pareceu não me reconhecer. Boa noite, Joaquim, disse-lhe eu, não reconhece os velhos amigos? Ele me olhou com ar neutro. Os amigos são sempre amigos, respondeu filosoficamente. E começou a servir um casal de americanos elegantes. Ajeitei-me num banquinho, depois mudei de lugar e sentei-me a uma mesinha no canto da saleta. Joaquim chegou solícito.

PARA ISABEL

O que posso lhe servir?, disse, tratando-me com deferência. Era evidente que não me reconhecia. Ouça, amigo Joaquim, falei, você não me reconhece mais, mas antes me conhecia, paciência, a vida é assim, você tem pouca memória para ser um garçom, geralmente os garçons têm uma ótima memória, uma memória de elefante.

Joaquim tinha recursos impensáveis. Não devemos nunca reconhecer os clientes, nunca se sabe se eles gostam, respondeu-me pondo na mesa um pratinho de amendoins, quer o de sempre? Olhei-o com curiosidade e seu rosto continuou imperturbável. Para verificar sua memória respondi: sim, o de sempre. E estendi as pernas por baixo da mesa. Joaquim chegou e pediu desculpas. Perdoe o mau serviço, disse-me com ar neutro, mas aquele casal de americanos é infernal, bebem só uísque americano, como se não existisse outra coisa no mundo, a garrafa acabou e tive de ir buscar outra na despensa.

Apoiou delicadamente na mesa um copo cônico quase cheio, pegou uma pequena jarra de cristal e completou a bebida. Vodca com limão porque a laranja lhe dá acidez de estômago, murmurou, espero não estar enganado, e uma gota de angostura. Mexeu tudo com cuidado com uma colherinha e acrescentou: estou bem lembrado? Você é absolutamente maravilhoso, Joaquim, disse eu, como é que se lembra tão bem?, passou tanto tempo. Memória de elefante, respondeu ele, é assim que devem ser os garçons. E depois continuou: e seu amigo Ruy, como vai?, ele também gostava da mesma bebida. Seu espírito deve estar em Timor, respondi, e merece porque é o lugar onde passou os melhores anos, mas seu corpo está aqui na cidade, no Cemitério de Benfica. Sinto muito, comentou Joaquim, escrevia belas poesias, realmente sinto muito. Perguntou-me se podia se sentar. Claro, Joaquim, disse eu, sente-se, vamos trocar dois dedos de prosa. Acho que aqueles dois vão se embebedar, sussurrou indicando-me o casal de americanos, e depois me perguntou: diga-me, seu amigo Ruy era português ou timorense? Escrevia em português, respondi, mas do Timor tinha o feitio dos olhos e a memória das cantigas infantis. Lembro que uma vez ele veio aqui e chorou, disse Joaquim, chorava porque Portugal havia perdido Timor. Antes de morrer ele me mandou um poema, disse eu, traduzi para o polonês, quer que leia para você? Infelizmente não entendo polonês, desculpou-se Joaquim, é uma língua que nunca pratiquei. Vou ler em nossa língua, compreende-se, disse eu, estou com ele no bolso. Peguei a carteira e tirei um papel dobrado em quatro. Sabe, Joaquim, disse eu, chama-se *Condição poética*, creio que se refere a todos nós, se refere de modo especial a mim, porque lá de onde venho me encontro numa situação semelhante. Limpei a garganta e li: Estou mesmo cansado de ti, aprovam-te, oh poesia!, andamos sempre juntos, acordamos juntos na mesma cama, compusemos canções, tivemos filhos, expulsos pelos cães e pelo orvalho retornamos à terra prometida, montes sagrados, alvorecer misterioso, aurora no granito, calma, alma desperta e canta o jejum solar que nos abraça e que funde.

PARA ISABEL

Eu o olhei e Joaquim me olhou. É muito bonito, disse, senti um arrepio, sabe, me fez pensar num daqueles dias de verão de minha infância, quando se viam apenas as árvores de cortiça e o sol era implacável. O jejum solar que nos abraça e que funde não é nada mau, hein, Joaquim?, perguntei eu. Nada mau, confirmou ele, eu gostaria de entender de poesia, mas escolhi este ofício, sirvo licores. A meu ver a poesia não se opõe aos licores, procurei confortá-lo. Acha?, disse ele, quer mais um pouco de vodca? Não, respondi, talvez um pouco de absinto, como tomavam no século XIX, uma vez conheci um bar no Bairro Alto onde se podia tomar absinto, quem sabe ainda exista. O absinto ainda existe, confirmou Joaquim, conheço uma pequena fábrica no Minho que produz, faz poucas garrafas, mas aqui alguns bares nas redondezas têm, sabe, acredito que em Portugal não é proibido, não somos mesmo como o resto da Europa. O que quer dizer, Joaquim?, perguntei-lhe. Que nós prezamos nossa independência, respondeu ele com orgulho. Sem dúvida, eu disse, pelo menos quanto ao absinto. E o que vai fazer de bom hoje à noite?, continuou Joaquim. Vou a um lugar aqui perto, respondi, na praça da Alegria, vou ouvir jazz. Quem sabe também encontra absinto, disse Joaquim, ouvi dizer que têm por aqueles lados. Quanto lhe devo, amigo Joaquim?, perguntei. Ele estendeu as mãos diante de mim. Faço questão de oferecer, respondeu, permita-me, depois de tantos anos. Eu também faço questão, respondi. Ouça, considere como uma cortesia do hotel, que continua a ser um hotel de alta categoria, mas principalmente de minha memória de elefante. E me estendeu a mão.

O Hot-Dog era um lugar minúsculo, com um balcão e poucas mesas. Por sorte, não estava muito cheio. Naquela noite eu não estava com vontade de ver multidões. Mas talvez naquela noite nublada de domingo os lisboetas não estivessem com vontade de ouvir jazz. Na porta havia um cartaz anunciando: O saxofone de Tecs. E mais abaixo: Homenagem a Sonny Rollins.

Sentei a uma mesa de canto. O garçom chegou solícito e me perguntou se queria comer já ou depois da música. Depende de quanto dura a música, respondi. São só duas composições, disse ele, esta noite a saxofonista toca só duas composições, está cansada, ontem foi sábado e tocou até as três da manhã. Concordei que seria melhor comer depois da audição e o garçom me perguntou se queria um aperitivo. Gostaria de um absinto, disse eu. Ele não se alterou nem minimamente e respondeu: com gelo ou sem gelo? Por quê?, perguntei eu, o absinto também se serve com gelo? Nós aqui sim, disse ele, em nossa casa servimos com gelo. Sem gelo, disse eu para contrariá-lo, quero um absinto a sério, como tomavam antigamente.

O piano e o contrabaixo já haviam começado a tocar alguns acordes. O garçom desapareceu e as luzes diminuíram. A saxofonista entrou por uma portinha lateral e se apoiou no balcão. Era uma mulher de cabelos grisalhos, mas se via que ainda era jovem. Agradou-me na hora: tinha uma expressão decidida, um rosto levemente marcado pelo tempo e os olhos azuis. Mantinha o saxofone pendurado no pescoço por um cordãozinho de couro. Apoiou os cotovelos para trás no balcão, olhou ao redor e disse: Hoje à noite vou tocar em homenagem a Sonny Rollins, só duas músicas, a primeira se chama "Everything Happens to Me".

Começou a tocar com calma, e depois com mais força. Logo entendi que se tratava de uma música tradicional, de uma *ballad* transformada em jazz. Era romântica e intimista, com aberturas repentinas que Tecs tocava bem. Ouvi com atenção, embora pessoalmente não dissesse nada, mas ouvi com atenção. Quando ela terminou houve um breve aplauso de entendedores, e eu também aplaudi. As luzes se acenderam e o garçom chegou com meu absinto. Intervalo, disse, dez minutos de intervalo, a instrumentista hoje está cansada. Agradeci e o retive com a mão antes que fosse embora. Ouça, pedi, comunique à saxofonista que depois da segunda música gostaria de falar com ela, se ela quiser jantar comigo ficarei feliz, diga-lhe que sou um velho amigo de Isabel.

O garçom se afastou e as luzes diminuíram novamente. Tecs apareceu e se pôs ao balcão. Disse antes de começar: "Three Little Words". E começou a tocar. Pareceu-me um movimento em quatro quartos, não entendia disso, mas era o que se chama *hard-bop*, duro, como se tocava nos anos 60, porém ela incluía um certo *swing*, com algo de romântico, mesmo que apenas sugerido. As pessoas aplaudiram e eu também aplaudi. As luzes se acenderam. Pus o guardanapo no colo e esperei. Pouco depois Tecs chegou. Tinha colocado uma blusa azul. Queria me ver?, perguntou. Sou um velho amigo de Isabel, respondi, quer jantar comigo? Ela se acomodou à mesa. O que está bebendo?, perguntou-me. Falava com um sotaque inglês carregado. Estou bebendo absinto, respondi, mas sem gelo, antes bebi uma vodca, provavelmente será uma mistura mortal. E o que você quer comer?, perguntou-me ela. Ovos fritos com bacon, disse. O que lhe parece? Parece-me uma mistura mortal, disse ela, mas faça como quiser, eu fico com uma salada de camarão.

O garçom chegou com um largo sorriso. Pedimos os ovos e a salada. Um alto-falante começou a tocar em surdina uma música de saxofone. É também você tocando?, perguntei-lhe. Respondeu que sim. É minha homenagem a Sonny Rollins, disse. Um disco que gravei no mês passado. Quando conheceu Isabel, você já tocava?, perguntei eu. Você me faz voltar no tempo, suspirou Tecs. Era novinha, estava na universidade e de vez em quando me apresentava no restaurante universitário. História curiosa, repliquei, uma garota inglesa que estudava em Lisboa e tocava saxofone na universidade. Americana, corrigiu Tecs, sou americana, e além disso minha história não é mais curiosa do que outras, meu pai era engenheiro em Norfolk e a empresa em que trabalhava lhe ofereceu um emprego nos canteiros navais de Lisboa, minha mãe queria conhecer a Europa, meu pai aceitou e chegamos a Portugal, me matriculei na faculdade de ciências, na verdade sou bióloga, porém nunca exerci a profissão, naquela época já estudava saxofone mas me envergonhava um pouco, foi Isabel que descobriu que eu tocava e insistiu para que me apresentasse no restaurante universitário, para aqueles jovens portugueses, na época ouvir jazz era uma espécie de revolução, era a música de um grande país democrático, aqui em Portugal o regime apoiava o fado e apoiava principalmente uma cantora que tinha uma bela voz. Creio que sei quem era a cantora, eu disse. Sem dúvida, confirmou ela, a gente se entende, não é preciso citar nomes. E Isabel?, perguntei eu. Isabel fazia parte de um centro acadêmico, disse Tecs, estudantes contra o regime, me convidou para entrar e eu aderi, mas tinha as costas quentes por causa de meu passaporte americano, para mim não era tão arriscado quanto para ela, na verdade não se fazia nada naquele centro acadêmico, apenas liam livros de política proibidos, pouco mais que isso, mas Isabel também se dava com outras pessoas que não me apresentou, depois passou algum tempo sumida e mais tarde eu soube que tinha sido presa e estava na prisão de Caxias; tivemos notícias suas por meio de um carcereiro que veio por conta e risco próprio até a universidade e nos trouxe um bilhete, era um carcereiro de oposição, ajudava os prisioneiros políticos. Tecs se calou e depois retomou: faz tempo demais. E depois disse: enquanto isso fui para os Estados Unidos por um certo período, e quando voltei me disseram que Isabel tinha morrido, que se suicidara no cárcere, me mostraram um necrológio que saiu no jornal, é só isso o que sei.

    Ambos nos calamos. O disco também havia acabado. Ouvia-se apenas o murmúrio discreto dos últimos clientes nas outras mesas. Sabe, Tecs, disse eu, não existe uma certidão de óbito de Isabel, vasculhei os arquivos da Prefeitura. O que você quer dizer?, perguntou ela. Apenas isso, respondi, que oficialmente nunca morreu. Mas me disseram que se suicidou na prisão, disse Tecs, que ela engoliu cacos de vidro. Ora, disse eu, podem-se dizer muitas coisas. Mas eu vi o necrológio dela no jornal, respondeu com convicção, vi com meus próprios olhos. E você acredita nos jornais?, perguntei, e convenhamos, o necrológio qualquer um pode ter feito. Isso é verdade, admitiu Tecs, e agora o que pretende fazer? Gostaria de encontrar esse carcereiro que me citou um pouco antes, disse eu, talvez ele possa saber mais alguma coisa, lembra-se do nome dele? Tecs pôs a cabeça entre as mãos. Oh, Deus, disse, eu sabia, mas passou tanto tempo. Faça um esforço, incentivei-a, temos a noite toda. Tecs me olhou e sacudiu a cabeça. Sinto muito, disse, apaguei-o da memória, lembro que era um cabo-verdiano. É meio pouco, disse eu, tente fazer um esforço. Não me lembro mais dele, respondeu ela, sinto muito. Ouça, Tecs, insisti, esse homem é importante para mim e você precisa fazer um esforço, posso lhe dizer que o absinto, além de uma certa excitação, dá também uma lucidez excepcional, o que acha de um copo de absinto? Ela sorriu. Nunca tomei, desculpou-se, não sei que efeito terá sobre mim. E depois continuou: em todo caso, não faz mal, a noite já acabou mesmo, vamos de absinto. Chamei o garçom e me veio à mente uma outra coisa. Sonny Rollins já tocava nos anos 60, certo, Tecs?, perguntei, é uma música dos anos 60. Ela confirmou. Já na universidade eu o tocava, respondeu, foi um de meus mestres. Bom, disse eu, vamos pedir para tocarem o disco de novo.

Agora estávamos apenas nós no local. A música recomeçou e o garçom trouxe o absinto. Tecs acendeu um longo cachimbo de osso e deu duas baforadas. Foi um chefe índio que me deu, disse, é um cachimbo que traz sorte, era um índio dos Arapaho, perto do Arkansas, disse que deve ser fumado nos momentos de dificuldade. O disco voltou a tocar "Everything Happens to Me". E enquanto o saxofone se abria num amplo fraseio Tecs segurou minha mão e disse: chamava-se Almeida, era o senhor Almeida. Caramba, disse eu, Portugal está cheio de Almeidas. Tecs sorriu com ar encorajador. Um Almeida cabo-verdiano que era carcereiro em Caxias muitos anos atrás, murmurou, se ainda estiver vivo não será difícil de encontrar, já que você frequenta os arquivos do Município.

Perguntei-lhe se deixariam terminar o disco. Agora estava com vontade de ouvir a música até o fim. Tecs ergueu o copo de absinto e propôs um brinde. Ainda me restavam algumas gotas. Ao que vamos brindar?, perguntou ela. A Sonny Rollins, respondi, ele merece. A Sonny, disse Tecs. E depois acrescentou: e à sua busca.

Quarto círculo.
Tio Tom. Reboleira. Reintegração

Olhei ao redor. O ônibus estava quase vazio. Apoiados na porta de saída havia dois jovens negros com trancinhas no cabelo, à minha frente uma velhinha com a sacola das compras, no banco do fundo um senhor com ar humilde. Levantei-me e fui até o motorista. A placa dizia: proibido falar com o motorista. Era um cabo-verdiano miúdo de ar indiferente. Falei que estava indo à Reboleira e queria saber qual era a parada. Ele fez um som com os lábios, como um pequeno assobio. É o final da linha, respondeu olhando para a frente, todos descemos, a Reboleira é o final da linha e depois não há mais nada.

Fui o último a descer. Era uma praça redonda cheia de mato, tendo no meio uma espécie de bola enorme de granito que devia ser um monumento a algo ou a alguém. Ao lado havia uma placa de metal com uma inscrição no alto: Bem--vindos à Reboleira. Na placa via-se o desenho do bairro, com as ruas e as indicações. Procurei me orientar. Rua Cabo Verde, rua Angola, rua São Tomé, rua Moçambique. Era um quadrilátero de edifícios populares com ruas apertadas e pracinhas esquálidas, tomei à direita, percorri uma pequena avenida ladeada por árvores raquíticas, não havia esgoto nem outras infraestruturas naquele lugar, isso se via, finalmente encontrei a rua São Tomé, procurei o número 23, na campainha, como sempre, não tinha nomes, precisava lembrar o andar, era o sexto à esquerda ou o sexto à direita? Fui ao acaso, respondeu-me uma voz pastosa, com um leve sotaque africano que abria as vogais mistas. Sou Slowacki, disse eu, e ele respondeu: aqui é Almeida, pode subir, sexto andar à direita, não tem elevador.

Uma velha negra gorda de cabelos ralos me abriu a porta. Entrava-se diretamente numa minúscula sala de jantar onde havia uma mesa redonda cheia de pratos sujos. No canto estava uma moça de uns quinze anos, passando um monte de roupa. Minha neta Maria Osita, disse a mulher, fique à vontade, meu marido já vem. Ela me fez sentar numa cadeira diante dos pratos sujos. Na frente, na parte vazia da parede, via-se uma gravura a cores que reproduzia uma ilha com vulcão. O homem entrou com ar sonolento e os cabelos brancos desarrumados. Era um negro de uns sessenta anos, curiosamente tinha os olhos claros, quase de albino, era magro, usava uma camiseta cavada e tinha uma barriguinha redonda como uma melancia. Prazer, disse, sou Joaquim Francisco Tomás de Almeida, mas pode me chamar de Tom, aliás, Tio Tom, se preferir, como todos me chamam. Falando com elas em crioulo, mandou as duas mulheres saírem, não entendi bem, mas com certeza não as queria por ali. Depois foi até o armário e pegou uma garrafa e dois copinhos. Cachaça, disse, esta é feita em meu país. Tentei recusar mas não era possível. Tomei um golinho, era fogo. Ouça, senhor Almeida, disse eu, conte-me tudo. Ele me olhou com seus olhinhos claros, serviu-se de mais um copinho e emborcou de uma vez só. Tudo o quê?, perguntou. Tudo, disse eu. Tudo é nada, respondeu ele abrindo os braços. Se tudo é nada então quero saber tudo o que é nada, respondi eu, como morreu, por que engoliu vidro, quem a denunciou, o senhor sabe, foi seu carcereiro em Caxias durante uma semana, teve oportunidade de falar com ela, o senhor sabe tudo sobre Isabel.

Ele bebeu mais um copinho. Tudo é nada, respondeu. Assim ficará bêbado, senhor Almeida, assim ficará bêbado, disse eu. Ele acendeu uma cigarrilha. Melhor, disse, assim o medo vai embora. Medo de quê?, disse eu, ouça, senhor Almeida, eu venho de muito longe para saber, porque um amigo meu me instigou a saber e agora a verdade me queima por dentro, preciso saber a verdade antes de voltar para longe, Isabel se matou porque foi denunciada, e, se foi assim, como morreu?, e quando?, e como?, quero saber a verdade, o senhor não pode ter medo da verdade, já se passou muito tempo, esse país mudou, ninguém pode lhe fazer mal nenhum, me conte tudo. Ele olhou o teto e murmurou: tudo é nada.

Dei um soco na mesa que fez os copos tremerem. Chega, exclamei, chega, senhor Almeida, ou, se prefere, Tio Tom, quero saber em primeiro lugar se Isabel se suicidou por motivos pessoais ou por motivos políticos. Eu não conhecia seus motivos pessoais, respondeu ele placidamente, a senhorita nunca me falou de seus motivos pessoais. Mas puxa vida, disse eu tentando me controlar, o senhor foi o carcereiro dela, deve ter tido tempo de olhá-la, iria perceber se ela estava esperando filho, enfim, se estava com a barriga grande, olhos para ver a barriga dela o senhor havia de ter! O senhor Almeida encostou o dedo na sobrancelha. Com esses olhos não vi nada, respondeu com ar angelical. Sim, retomei eu, porque nada é tudo e tudo é nada, mas me disseram que Isabel esperava um filho, foi a notícia que os amigos deram. Ele bebeu outro copo e disse em crioulo: cachaça boa. Depois colocou uma mão sobre o coração e murmurou: a senhorita não esperava filho nenhum, isso posso lhe garantir. Fico surpreso, respondi, mas tudo é possível, com Isabel tudo era possível, e então, senhor Almeida, por que ela engoliu aqueles cacos de vidro?

A esposa entreabriu a porta e olhou com ar curioso. O senhor Almeida fez um gesto peremptório, sem lhe dizer palavra, e ela se retirou imediatamente. Entre nós baixou o silêncio. O senhor Almeida reacendeu sua cigarrilha que havia se apagado e murmurou: é uma grande armação, caro senhor, uma grande armação. Tentei me armar de coragem e beberiquei mais umas gotas de cachaça. Me conte essa armação, senhor Almeida, roguei a ele, o senhor é o único que pode me contar essa armação. O velho se levantou e trancou a porta que dava para o corredor, tragou e soltou a fumaça em dois anéis concêntricos que olhou fixamente como se fossem a coisa mais importante do mundo. A senhorita jamais engoliu vidro, murmurou, não morreu na prisão, foi só o que todos pensaram, mas a verdade é outra.

Num impulso pus minha mão sobre a dele e apertei. Se o senhor sabe essa verdade, disse, senhor Almeida, ou, se prefere, amigo Tio Tom, me conte essa verdade, não vai lhe fazer nenhum mal. O senhor Almeida foi até a janela e olhou para fora. Os vidros estavam molhados de chuva. Caía uma chuvinha fina. Às vezes em minhas tardes fico à janela e olho a rua, sussurrou quase imperceptivelmente, e olho os cachorros, este bairro é cheio de cachorros de rua, o senhor talvez não me entenda, meu amigo, mas esses cachorros me ligam a Cabo Verde mais do que as pessoas que conheço, porque em Cabo Verde também há muitos cachorros de rua e em geral são amarelos, exatamente como os daqui da Reboleira, e então eu me ponho a pensar o que liga esse país a Cabo Verde e venho a crer que são os cachorros de rua, os cachorros amarelos, além disso não tenho mais ninguém em Cabo Verde, toda a minha família já morreu, tenho um primo que é funcionário público, mas ele não quer saber de um sujeito como eu que foi carcereiro numa prisão política durante o fascismo, não me cumprimenta, é um imbecil, ele não pode imaginar o que fiz pela democracia deste país e também pelo dele, quantas vezes arrisquei minha vida, aquele idiota não pode entender nada, é funcionário. E o senhor não foi funcionário a vida toda?, objetei eu. Fui, sim, murmurou ele, mas como?, sabe, caro senhor, às vezes os prisioneiros chegavam todos machucados porque haviam sido apanhados pela Pide, e ela não era brincadeira, depois da enfermaria punham os presos na cela com o rosto roxo e os pulmões inchados pelas pancadas e então eu cuidava deles, o Tio Tom, preparava-lhes café, colocava gelo nas feridas e eles confiavam em mim, depois me davam cartas para os parentes que eu punha no correio central, enfim, coisas assim, eu ajudava, fazia o possível, porque sabia o que estavam sofrendo meus irmãos em Cabo Verde que queriam ser livres, sofriam exatamente as mesmas coisas, e uma bela noite chegou a senhorita Isabel.

Tio Tom fez uma pausa. Não tinha documentos, continuou, e disse que se chamava Magda, no interrogatório bateram nela, mas já havia apanhado também no carro da polícia política, estava com o rosto inchado e bolsas debaixo dos olhos, não sei por que me pareceu uma filha, uma cabo--verdiana como eu, acha estranho que eu lhe diga isso?, uma verdadeira cabo-verdiana mesmo, embora fosse loira.

O senhor Almeida se calou, abriu a janela, se inclinou para fora, olhou para baixo e jogou a bituca da cigarrilha. A armação começou assim, acrescentou, mas para ser honesto quero dizer que também recebi por isso, aliás, fiz principalmente para que me pagassem, quer dizer, não foi por motivos ideológicos, em suma eu precisava de um pouco de dinheiro, minha mulher tinha dado à luz o quarto filho, e, sabe, caro senhor, com o salário de carcereiro não é que desse para manter bem uma família de sete pessoas, contando com minha mãe. Pelo menos para não deixar faltar comida, como o senhor deve saber o prato nacional de Cabo Verde é a cachupa, que se faz com milho, feijão, mandioca e carne de vaca e de porco, e essa é a cachupa rica, mas nós comíamos só a cachupa pobre, que são os cereais com uma rodela de chouriço, e assim quando me ofereceram aquele dinheiro pensei: por que não oferecer uma bela cachupa rica para minha família durante alguns meses?, e assim aceitei e entrei na armação. Senhor Almeida, disse, é a terceira vez que o senhor me fala de armação, quer me explicar o que foi essa armação?

O senhor Almeida voltou a se sentar e acendeu outra cigarrilha. Suas mãos tremiam um pouco. Percebi que estava nervoso. Quer um pouco de cachaça?, perguntou-me. Não, obrigado, respondi. Ele tragou a cigarrilha e me fitando nos olhos, como se se tratasse de um segredo que pudesse lançar sombra sobre sua honestidade, sussurrou: uma armação simples, uma armação, mas no fim tudo deu certo. E sem me dar tempo de responder continuou: foi assim, então, era janeiro, acho que era janeiro, em todo caso estava frio, de manhã trouxeram para a prisão uma estudante que foi detida na universidade, naquela semana houve muitas manifestações de estudantes e a polícia prendia todos os que podia, nem os fichava e já os jogava diretamente em Caxias sem nem interrogá-los nem nada, aquela moça à tarde quebrou uma garrafa e engoliu os cacos para se matar, estava desesperada, era frágil, tinha sido espancada e humilhada, fui avisado e recebi as ordens, dei o alarme e vieram por causa da suicida, foi uma grande confusão, porque as autoridades temiam que essas coisas repercutissem no exterior, abri a cela da senhorita Isabel e lhe dei um capote, avisei que dissesse que era irmã da suicida, ela desceu com a moça ao lado da maca como se nada fosse e disse que estava acompanhando a irmã até o Hospital de Santa Maria, e talvez o senhor não acredite mas ninguém prestou atenção, deixaram-na sair tranquilamente, o diretor da prisão não estava, o substituto era um imbecil com um medo que nem lhe conto, a senhorita Isabel entrou na ambulância com a suposta irmã, desceu tranquilamente no pronto-socorro e depois foi cuidar da vida dela como se nada tivesse se passado, e pronto, a armação foi essa.

O senhor Almeida estava com a testa toda suada. Tinha feito a mim a grande confissão de sua vida e esperava com olhos suplicantes que eu o entendesse. E eu o entendia. Entendia perfeitamente bem aquele velho cabo-verdiano democrático à sua maneira que entrara numa armação, como ele dizia, para comer uma cachupa rica com a família. Talvez fosse o segredo de toda a sua vida e ele o confiara a mim. Senti ternura, peguei no casaco um lenço de papel e lhe estendi. Ele enxugou o suor e murmurou: quer saber algo mais, meu amigo?

Eu o olhei e me servi de mais um pouco de cachaça para lhe inspirar confiança. Sim, claro, respondi, gostaria de saber quem lhe deu essas ordens. A Organização, respondeu ele com simplicidade. Estou certo de que a Organização tinha um rosto, respondi eu, alguém, gostaria de saber de quem se tratava. O senhor Almeida coçou a cabeça. Preciso mesmo lhe dizer?, perguntou-me. Se quiser, disse eu, para mim seria fundamental, fundamental mesmo. O senhor Almeida coçou novamente a cabeça. Não sei se deveria lhe dizer, confessou, mas já passou tanto tempo, esse país mudou, passou tanto tempo. Então me diga, insisti. O senhor Almeida, com um gesto que parecia definitivo, apagou a cigarrilha num prato sujo. Era o senhor Tiago, disse escandindo as palavras. E quem era o senhor Tiago?, perguntei, onde posso encontrá--lo? O sobrenome dele eu não sei, respondeu o senhor Almeida, sei que tinha um estúdio fotográfico na praça das Flores, era um fotógrafo famoso também no estrangeiro, tinha fotografado o Alentejo e seus livros foram publicados na França, tinha um estúdio na praça das Flores, como lhe disse. Certo, respondi, mas se não tiver mais, se eu não o encontrar? É simples, respondeu o senhor Almeida, é só perguntar no açougue da esquina, o açougueiro o conhecia bem e creio que vai saber localizá-lo, é um açougueiro que me conhece também, porque de vez em quando vou comprar carne para uma cachupa rica, mas sabe, não são muitas vezes que podemos nos permitir uma cachupa rica.

Eu o olhei e ele me olhou. Suponho que nossa conversa terminou, disse ele. Suponho que sim, respondi, sabe, senhor Almeida, às vezes o senhor fala como um inglês. Não conheço os ingleses, respondeu, sou simplesmente cabo-verdiano, ou pelo menos era, agora já nem sei mais o que sou, vivo aqui neste bairro de periferia, sabe, sempre conheci a periferia.

Levantei-me e fui até a porta. O senhor Almeida me estendeu a mão. Saí do apartamento e ele me acompanhou. Até logo, senhor Almeida, disse-lhe descendo o primeiro degrau.

Até logo, disse ele, eu teria preferido que o senhor me chamasse de Tio Tom, de senhor Almeida só o carteiro me chama. Considere-me seu carteiro, disse eu começando a descer, mas não se preocupe, não tocarei a campainha uma segunda vez. Ele se apoiou no corrimão e disse em voz baixa: não pense que sou comunista, seria engano seu, fiz isso por causa da cachupa rica, mas eu achava simpática aquela moça.

Cheguei à praça redonda e olhei ao redor. Nem sombra de táxi. Que táxi teria ponto na Reboleira? O ônibus em que eu tinha vindo ainda estava parado no ponto final. No painel estava escrito: próxima partida vinte horas. As portas estavam abertas. Subi e me resignei. Era apenas uma hora de espera.

Quinto círculo.
Tiago. Lisboa. Imagem

O bonde parou bem em frente da Confeitaria Cister. Aproveitei para tomar um café. O garçom me cumprimentou como se me conhecesse. Talvez eu também o conhecesse, mas não me lembrava dele. Dei-lhe um sorriso e um aceno de cabeça, deixei-lhe cinquenta escudos de gorjeta e percorri a rua da Escola Politécnica até a esquina com a Monte Olivete. A rua fica numa descida íngreme, pavimentada de pedras de granito, escorregadia, e estava garoando. Levantei a gola do casaco e continuei a descer. Passei na frente do Instituto Britânico, rosa e branco, com seus pináculos de tijolo, lembrei-me de uma amiga que dava aulas lá, era uma desmazelada, um pouco desgrenhada, talvez, mas fazer amor com ela era uma maravilha e, além do mais, preparava piqueniques que eram o máximo. Naquela época ia-se à praia de Fonte da Telha, onde não havia ninguém, só os pescadores e seus cachorros, cães velhos amarelos e fulvos. Voltaram-me à lembrança os cães do senhor Almeida.

    A praça das Flores estava deserta. Diante de um restaurante de luxo, daqueles em que era preciso tocar uma campainha para entrar, parou um Mercedes do qual desceram um senhor vestido de azul e uma senhora vestida de rosa. Esperava apenas que o açougue ainda estivesse aberto. As lojas ali do bairro fecham tarde. O açougueiro estava embrulhando uma coxa de cordeiro numa folha de papel-manteiga. Pensei em arriscar tudo de uma vez só e disse em espanhol: hola, buenas tardes. O homem me olhou perplexo. Certamente não falava espanhol, mas entendia. Tinha um carão vermelhusco, como competia a um açougueiro, com veiazinhas azuis no nariz. Imaginei que devia comer muita carne. Ele pôs a coxa de cordeiro na geladeira e me perguntou em que podia me atender. Uma informação, disse eu em meu espanhol tateante, uma simples informação, eu estava procurando o senhor Tiago. O açougueiro me olhou com ar sério, fez uma expressão de surpresa e depois, forçando seu mísero espanhol, perguntou: y quién es? Mas como, disse eu me fazendo de ingênuo, o senhor o conhece muito bem, é um grande fotógrafo, tinha um estúdio aqui alguns anos atrás, o senhor Tiago, o fotógrafo. Ele começou a cortar umas fatiazinhas de um presunto minúsculo e disse pensativo, como para si mesmo: este presunto vou levar para casa para o jantar, vem de Chaves, o senhor gosta de presunto? Aceitei uma fatia só para provar e concordei que era mesmo delicioso. Porém talvez um pouco picante demais, a meu ver tinha páprica demais, nós, na Espanha, disse eu, deixamos o presunto curar debaixo da neve, o presunto de montanha, claro. Debaixo da neve?, perguntou ele, nunca ouvi falar nisso, nós também temos neve no inverno, pelo menos na serra da Estrela, lá no norte, mas nunca pomos o presunto debaixo da neve, e me desculpe, por que quer encontrar o senhor Tiago? Tive uma inspiração súbita. Porque sou jornalista do *El País*, disse eu, preciso das fotografias dele, estamos fazendo uma matéria grande, lá na Espanha. Ele me olhou e apoiou os cotovelos no balcão de mármore. Não entendi, disse com toda a calma. *El País*, repeti, o senhor não conhece um jornal que se chama *El País*?, é o jornal mais importante da península Ibérica. O açougueiro me fitou com uns olhos que no momento me pareceram realmente bovinos. Não conheço esse jornal, respondeu com tom contrafeito, jornal só uso para embrulhar carne.

A situação estava ficando difícil. Eu não sabia mais o que dizer. Como escapatória pedi: o senhor me dá outra fatia de presunto? Ele a estendeu sobre uma espátula e perguntou em tom definitivo: então? E naquele momento tive outra inspiração: aqueles presentes que caem do céu, saboreei minha fatia de presunto e sussurrei: sabe quem me mandou aqui?, pois bem, quem me mandou foi o senhor Almeida, ou, se preferir, o Tio Tom. E àquele nome o rosto do açougueiro se abriu num largo sorriso. O Tio Tom, disse ele, aquele desgraçado do Tio Tom. Enxugou as mãos no avental e disse: podia ter dito antes, o senhor Tiago mudou-se para a rua Dom Pedro Quinto, bem na frente do Belvedere de São Pedro de Alcântara, tem uma placa de bronze na porta, agora já pode se permitir isso, a placa diz Mundo e Fotografia.

A placa na porta era discreta. Dizia World & Photo. Toquei e o portão logo se abriu. O átrio era manuelino, tive a impressão, com as arcadas de pedra no alto e um claustro de azulejos setecentistas. Parecia-me estar na casa de um pintor conhecido meu. Mas eu estava ali para uma coisa importante, não para um jantar entre amigos. Uma secretária de saia curta e duas pernas robustas me recebeu e perguntou o que eu queria. Disse simplesmente que queria o senhor Tiago. Ela perguntou meu nome. Respondi apenas: Slowacki. A secretária me fez sentar numa saleta decorada com bom gosto e com fotos nas paredes que não me dei ao trabalho de olhar. Ela falou que o senhor Tiago ainda estava ocupado por uns quinze minutos com fotografias de moda. Sentei, acendi um cigarro e comecei a ler uma revista de atualidades.

Tiago tinha talvez minha idade ou talvez uns anos a menos, era impossível saber. Usava o cabelo raspado, um blazer de linho e um lenço indiano no pescoço. Era realmente elegante e fumava um cigarro numa longa piteira de marfim.

Boa noite, disse, foi a agência que o enviou? Respondi que não. Desculpe-me, retomou ele, estou esperando o crítico de uma agência, alguém para falar de minha exposição. Apaguei o cigarro e me pus de pé. Não, respondi, estou aqui por motivos particulares, devido a uma pessoa que o senhor conheceu muitos anos atrás. Pareceu perplexo mas não se alterou. Venha até meu estúdio, disse ele, lá falaremos melhor do que aqui na saleta.

Guiou-me por um corredor que dava numa varanda, que por sua vez dava num grande espaço de pé-direito altíssimo e com colunas de granito. Parecia o refeitório de um mosteiro e talvez fosse mesmo o refeitório de um antigo mosteiro.

Descemos uma escada de ferro pintada de verde e ele me fez sentar num sofá que ficava ao lado de outro sofá, no centro do espaço. Em volta havia cavaletes com máquinas fotográficas, telas de todas as cores, guarda-sóis brancos com lâmpadas. As paredes estavam forradas de pequenas fotos a cores que eu não conseguia distinguir.

Então?, perguntou-me cruzando as pernas. Então, disse eu, estou aqui por causa de Isabel. Ficou com ar espantado e depois quase irônico. Tirou o lenço do pescoço e o pôs no braço do sofá. Isabel, disse pensativo, Isabel, meu caro senhor, conheci dezenas de Isabéis na vida, em Portugal é um nome muito comum, Isabel de quê, uma atriz, uma modelo ou o quê? Ou o quê, respondi eu. Explique-se melhor, disse ele. Adotei uma expressão paciente. Vou lhe explicar bem para que o senhor entenda bem, senhor Tiago, disse eu, essa Isabel se dizia chamar Magda, mas era só um codinome e creio que o senhor conhecia bem o nome verdadeiro e o codinome dela, digamos Isabel dita Magda, como uma mulher que talvez se encaixe ou talvez não se encaixe nessa história toda, não lhe diz nada? Ele perdeu o ar irônico e readquiriu o ar espantado. Explique-se melhor, disse. Muito bem, continuei, explico-me melhor, muitos anos atrás, digamos uns trinta anos, Isabel dita Magda estava na prisão política de Caxias, o senhor, senhor Tiago, era da Organização, não sei se era o partido comunista clandestino ou outro partido clandestino, já que durante a ditadura de Salazar todos os partidos eram clandestinos, e o senhor, pois bem, senhor Tiago, o senhor a ajudou a escapar da prisão no lugar de uma outra, Isabel chegou até o Hospital de Santa Maria e despistou seus rastros, mas o senhor conhece os rastros dela, alguma coisa o senhor sabe, e eu também quero saber.

O fotógrafo mudou a posição das pernas e acendeu um cigarro em sua longa piteira de marfim. Parecia-me pouco à vontade. Olhou-me em silêncio, examinando-me da cabeça aos pés. E depois perguntou: o senhor é jornalista? Permiti-me uma risadinha. Não queria parecer sarcástico, mas a pergunta de certa forma despertava sarcasmo, de modo que lhe disse: nada mais distante daquilo que sou, senhor Tiago, não acertou, garanto-lhe, a morte é a curva da estrada, morrer é só não ser visto. E então por quê, perguntou ele com um ar ainda mais espantado, para quê? Para fazer círculos concêntricos, disse eu, para chegar finalmente ao centro. Não entendo, disse ele. Estou trabalhando com pozinhos coloridos, respondi, um círculo amarelo, um círculo azul, como numa prática tibetana, e enquanto isso o círculo vai se fechando em direção ao centro, e estou tentando chegar ao centro. Para quê?, perguntou ele. Também acendi um cigarro. É simples, respondi, para chegar ao conhecimento, o senhor, que fotografa o real, bem sabe o que é o conhecimento.

O fotógrafo foi até uma estante que devia ser um arquivo. Vasculhou uma caixa, consultou-a longamente, voltou com algumas fotografias e me estendeu uma. Olhe essa imagem, disse, a fotografia é uma coisa que nos espia, talvez nos persiga, veja esse menino sentado num cobertor, com um laço nos cabelos, esse sou eu. Fez uma pequena pausa. Esse sou eu?, pergunto-me agora, esse era eu?, esse fui eu?, esse foi aquele eu que hoje chamo de Tiago e que vive todos os dias comigo? Estendeu-me outra fotografia. Dessa vez era um menino e uma menina em época mais recente. Ele sorriu com ar meditativo e disse: veja essas duas crianças, estão numa bicicleta pequena, a de trás abraça a da frente e se estende para sorrir ingenuamente para a objetiva, essa fotografia fiz muitos anos atrás e eram os meus filhos, ainda são meus filhos?, pergunto-me, não é possível, respondo, e gostaria de me documentar melhor sobre o que foi, mas o que foi? Fez outra pequena pausa e exclamou: ah, se soubesse como fica difícil a fotografia quando é estudada pelos filósofos, e no entanto sou um fotógrafo, digo-me em certos momentos de orgulho, eu também, e principalmente eu, tenho direito à minha opinião, porém não consigo, porque a fotografia me domina, me supera e então penso: as fotografias de uma vida são um tempo segmentado em várias pessoas ou é a mesma pessoa segmentada em vários tempos?

Fitei-o e sorri. Era um sorriso amigável, mas ao mesmo tempo sentia em mim uma leve irritação, como uma coceira da alma. Ouça, senhor Tiago, disse-lhe eu, entendo que a fotografia o intrigue tanto, é seu ofício e o senhor está refletindo a respeito, talvez seja tarde, deveria ter começado a refletir antes, porque uma pessoa tem o dever de refletir antes de fazer a escolha fundamental de sua vida, no entanto perdoo, também comecei a escrever antes de refletir sobre o que era realmente a escrita, se tivesse entendido antes talvez jamais tivesse escrito, mas paciência, não é esse o problema, voltemos ao verdadeiro problema.

O fotógrafo me olhou e tive a impressão de que pairava novamente um ar irônico em seu rosto. Tinha uma terceira fotografia presa entre os dedos como uma carta de pôquer, porém não a mostrou. Disse apenas: deixe-me filosofar, pelo menos sobre esta última foto, lembrei-me que alguém disse que a fotografia é a morte porque fixa um instante irrepetível. Passou a fotografia entre os dedos, como se fosse mesmo uma carta de baralho, e continuou: mas depois ainda me pergunto: e se, pelo contrário, fosse a vida?, a vida com sua imanência e sua peremptoriedade que se deixa surpreender num instante e nos olha com sarcasmo, porque está ali, fixa, imutável, enquanto nós é que vivemos na mutação, e então penso que a fotografia, como a música, capta o instante que não conseguimos captar, aquilo que fomos, aquilo que poderíamos ter sido, e contra esse instante não há nada a fazer, porque tem mais razão do que nós, mas razão de quê?, talvez razão da transformação desse rio que corre e nos arrasta, e do relógio, do tempo que nos domina e que procuramos dominar. Fez mais uma de suas pequenas pausas, deu uma tragada no cigarro e continuou: a vida contra a vida, a vida na vida, a vida sobre a vida?, talvez, é um enigma que deixo ao senhor que olha esta fotografia.

Ele me estendeu a foto e esperou minha reação. Olhei e vi Isabel. Estava com um casaco escuro que ia até os pés.

No rosto não tinha nenhuma expressão, talvez uma leve surpresa. Estava no check-in de um aeroporto e tinha ao lado uma minúscula valise.

O fotógrafo se levantou e me convidou a acompanhá-lo. Gostaria de lhe mostrar minha exposição que vai inaugurar na semana que vem em Londres, disse-me ele. Comecei a olhar as fotografias nas paredes. Eram todas polaroides com rostos e paisagens. Ele pôs um dedo sobre os lábios como para manter segredo, mas certamente não era o que queria dizer, creio eu. O senhor vê, disse ele, fotografei a realidade com minha Polaroid, é uma máquina fantástica que comprei nos Estados Unidos, a exposição vai se chamar Polaroid-Reality. Estendeu um braço e me apontou algumas imagens. Está vendo?, disse, esta é a ponte do Brooklyn, este é um acidente de carro em Manhattan, esta é uma jovem negra que teve uma overdose, esta é uma criança desnutrida na Etiópia, o resto veja por conta própria. Fiz toda a volta do enorme salão. Muito interessante, disse ao final, realmente muito interessante. Ele me mediu outra vez da cabeça aos pés como se fosse uma estátua e disse: vou tirar uma foto sua com minha Polaroid, quer ser o último tema de minha exposição? Aceito com prazer, disse eu, vamos chamar de desafio, ou de duelo, como se usava no século xix. O senhor Tiago me fez sentar numa banqueta, pôs um fundo falso por trás, um litoral com pinheiros. Segure a fotografia de Isabel bem à vista, recomendou ele. Segurei-a bem à vista. Não sorria, disse-me, detesto os sorrisos fotográficos. Pegou sua enorme

Polaroid e tirou a foto. A máquina soltou a fotografia e Tiago a abanou no ar para secar. Depois olhou a imagem e me mostrou. Via-se uma banqueta, o fundo do mar a distância e a fotografia de Isabel em primeiro plano. Tiago observou a foto com muita atenção. O senhor não aparece, comentou, é como se não existisse. De fato, disse eu. De fato o quê?, perguntou ele. De fato, respondi eu. Mas o senhor vem de onde?, perguntou. Olhei e sorri para ele. De um lugar luminoso demais, disse eu, tão luminoso que às vezes a objetiva da máquina fica ofuscada, de todo modo levo esta foto comigo. Pus a fotografia no bolso e perguntei: e Isabel? Ele me estendeu a mão. Isabel partiu naquela mesma noite para Macau, respondeu, pegou um avião direto para Hong Kong, foi Magda que a mandou, a verdadeira Magda, creio que a encaminhou a um padre católico que morava em Macau ou talvez na ilha Coloane, agora não me lembro, infelizmente não tenho ideia de quem era, não sei o nome dele, mas pode ser que ainda esteja vivo, talvez o senhor possa traçar mais um círculo em torno da pessoa que está procurando, não sei lhe dizer mais nada, até logo. Acompanhou-me até a escada de ferro e estendeu-me de novo a mão. Desculpe-me se não subo junto com o senhor, disse ele, mas encontrará facilmente a rua, e tome cuidado com sua imagem, um dia ou outro também ficará na objetiva.

Sexto círculo.
Magda. Padre. Macau. Comunicação

A alameda do jardim estava deserta. Havia um velho guardião chinês com um chapeuzinho com aba de plástico onde estava escrito: Gruta de Camões.

Estamos fechando, disse o guardião, vou fechar os portões. Não preciso de muito tempo, tentei dizer sorrindo, só uma voltinha até a gruta de Camões. Ele respondeu com lógica: por que visitar a gruta de Camões a esta hora?, venha amanhã cedo, o jardim é fresco, a gruta é fresca, amanhã cedo pode aproveitar o fresco, agora só há os morcegos dormindo. Sim, entendo, respondi eu, mas acontece que preciso visitar a gruta ainda hoje, tive uma inspiração. O guardião tirou o boné e coçou a cabeça. Não entendo, disse. Como é seu nome?, perguntei. Ele esboçou um sorriso tímido. No registro me chamo Manuel, respondeu, porque no registro temos nomes portugueses, mas meu nome de verdade, o chinês, é outro. Pronunciou um nome chinês e sorriu de novo. E o que significa seu nome em chinês?, perguntei. Quer dizer Luz que Brilha sobre a Água, respondeu ele. Pareceu-me uma excelente ocasião e o tomei pelo braço. Ouça, Luz que Brilha sobre a Água, disse eu, também tenho uma luz que brilha, e é aquela luz que me diz para entrar na gruta justo hoje à noite, vê lá em cima? Estendi o braço e apontei uma estrela cintilante, a mais cintilante do céu. É de lá que me vem a inspiração, ou a sugestão, disse eu, chame como quiser. Ele também apontou o braço junto ao meu e estendeu um dedo. As estrelas guiam, disse, guiam tudo, só que nós, pobres homens, não sabemos. Você me conforta, meu amigo, continuei, porque me entende, sabe, recebi uma mensagem daquela luz que brilha, se chama Sirius. Ele aproximou o braço estendido para mais perto do meu e me olhou com ar interrogativo. Você não conhece o céu de Macau, me disse como se se desculpasse, sinto muito mas realmente não conhece, ela tem seu nome em chinês, mas em latim vocês chamam essa estrela com outro nome, se estou dizendo certo em sua língua ela se chama Canopus, aquela é a estrela Canopus, você está perdido, meu amigo, porque nessas latitudes não enxerga sua estrela, de céu eu entendo, estudei-o. Tal como ele, cocei a cabeça. Muito bem, disse eu, vou levar na esportiva, mas uma mensagem eu recebi, se foi Sirius ou Canopus que enviou não sei dizer, só que hoje à noite preciso entrar nessa gruta onde o grande poeta celebrou a Cristandade no século XVI.

Ele procurou no bolso e tirou um molho de chaves. Aqui só vêm chineses com as gaiolas, disse, seguindo uma lógica que me escapava, cada um traz um passarinho em sua gaiola e o faz conversar com o passarinho do vizinho, é assim que se faz na China, os passarinhos dialogam entre si e favorecem a amizade, pois assim seus donos também podem estabelecer uma amizade, e depois eles mesmos conversam. Fez uma pausa e me olhou com seu ar aflito. Mas você não trouxe nenhuma gaiola, continuou, e agora não há mais ninguém com gaiolas, no jardim ficaram só dois velhos jogadores de mahjong que podem sair pelo portãozinho secundário, o que você vai poder fazer a esta hora a não ser encontrar morcegos? Preciso entrar na gruta hoje à noite, insisti eu, sabe, amigo, eu poderia lhe dizer que faz parte de meu destino, conduzido pelas estrelas, e você também acredita nas estrelas, por favor, deixe-me ficar, depois saio também pelo portãozinho secundário, deixe-me ficar, por favor, talvez aquele poeta caolho do século XVI possa me dar uma ajuda exatamente nesta noite, neste jardim com perfume de magnólia. O guardião me olhou com um ar que me pareceu de comiseração. Este jardim não tem perfume de magnólia, respondeu, tem cheiro de urina, porque todos os chineses urinam sob o tronco das árvores, são preguiçosos demais para ir aos banheiros que construímos ao lado da fonte, de modo que este jardim cheira a urina. Muito bem, afirmei com ar convicto, sob a luz daquela estrela que guia este meu itinerário terrestre ficarei neste jardim com cheiro de urina, não trago passarinhos na gaiola, é verdade, mas estou aqui para seguir um destino até que me seja dado conhecê-lo.

O guardião se pôs de lado e me estendeu um pequeno farolete. Creio que poderá ser útil, disse ele, pode deixá-lo no portãozinho secundário quando sair. Segui ao longo da alameda inspirando fundo para confirmar o eventual mau cheiro, mas não havia nenhum mau cheiro, levantara-se uma brisa fresca que trazia o cheiro do mar. Sob um lampião estavam dois chineses jogando mahjong, cumprimentei e eles me responderam com um aceno de cabeça. Um estava construindo as honras superiores, com uma fila de quatro dragões brancos, o outro estava jogando sobre alguns caracteres. Pensei que naquela noite iria precisar tanto dos dragões quanto dos caracteres e me encaminhei para a gruta. Quando estava na metade da aleia ouvi um assobio atrás de mim e vi que um dos chineses me chamava. Quer assistir?, perguntou ele, não temos espectadores e o mahjong precisa de espectadores. Fiz um gesto negativo com a mão, prossegui em meu caminho, cheguei à entrada da gruta e acendi o farolete do guardião.

Entrei na gruta assim, simplesmente, como se entra em casa. Pensei que poderia talvez acender um cigarro, acendi e no mesmo instante ouvi o guincho de um morcego. Enquadrei-o com o facho de luz do farolete, em toda aquela escuridão, e o morcego, guinchando, me disse: alô, meu caro, está em contato?

Era a voz de Magda.

Alô, respondi, estou em contato. De onde está falando?, perguntou o morcego. De Macau, respondi, estou em Macau numa gruta, e você, Magda, de onde está falando? Do lugar de sempre, respondeu, adivinhe. Não consigo, sussurrei. É fácil, disse ela, é mais fácil do que imagina, foi onde nos conhecemos. Ouça, Magda, disse eu, não estou a fim de charadas, se quiser me dizer, ótimo, se não, deixe para lá. O morcego guinchou: estou na Brasileira do Chiado, seu tolinho, e estou tomando uma raspadinha de café. De que época você está falando?, perguntei. O morcego deu uma risadinha sonora. Dos anos 60, meu querido tolinho, respondeu a voz de Magda, de que época você quer que sua Magda fale? Ouvi um barulho de copos e talheres e depois o morcego guinchou: e você, a que devo o prazer de seu contato? A Sirius, disse eu, ou a Canopus, agora não sei exatamente. Mas como você é difícil, disse ela, e por que está em Macau? Por um motivo que lhe explico depois, respondi, mas enquanto isso gostaria de ouvir sua versão, aquela que você pôs em circulação não me convenceu. Minha versão de quê?, perguntou ela se fazendo de boba. Sua versão sobre Isabel, respondi, foi você que pôs em circulação, todas as últimas notícias que tivemos sobre ela vêm de você, gostaria de ouvir da sua voz a versão verdadeira.

Girei o farolete aceso pelas paredes da gruta. À minha direita havia um busto de bronze do poeta caolho, do alto pendiam algumas estalactites. Está bem, guinchou o morcego, então me escute. Apontei a luz do farolete sobre ele, que desprendeu uma pata da rocha e ficou pendurado numa perna só. Vi nitidamente Magda, estava sentada numa poltroninha da Brasileira, agora chamava o garçom para solicitar outra bebida e pedia *agua de cebada*. O garçom custava a entender e Magda, com ar importante, especificava que era um refresco de cevada, mas em Valença se chamava *agua de cebada*, acrescentou, assim diziam os espanhóis, já era hora de os portugueses, se queriam ser ibéricos, também aprenderem. Acendi outro cigarro e me dispus a ouvir.

Isabel se suicidou, guinchou o morcego, sei disso, ingeriu dois frascos de comprimidos, foi esse seu último alimento, uma espécie de Veronal, também posso lhe descrever a cena, um quarto modesto, uma pensãozinha de Campo de Ourique, da janela se via a Basílica da Estrela, ela fechou as cortinas, a lua estava branquíssima, cobriu o abajur com um lenço azul, o quarto ficou azulzinho, na cama havia uma manta de crochê como costuma haver nos hotéis de província, não havia água e ela tocou a campainha. Veio uma atendente de idade. Era gorda e tinha o buço bem marcado. Quero água, muita água pura, disse Isabel. E a atendente voltou com uma garrafa de água de Luso. Essa mesmo, disse Isabel rindo, ajuda a fazer xixi, não vou mais precisar fazer xixi. Fazer xixi faz bem para todos, respondeu a atendente compungida, e também para a senhorita, que me parece um pouco abatida, devem ser as toxinas, deve ser por isso que a senhorita está pálida, vai ver, uma garrafa de água de Luso é o que basta para eliminar as toxinas e para lhe voltar uma bela cor nas faces, uma cor que eu tinha na sua idade, quando as dores da artrite ainda não haviam me atacado. E assim Isabel abriu a garrafa de água de Luso, engoliu quatro ou cinco comprimidos para se sentir mais tranquila, depois olhou a Basílica da Estrela que era branca como um biscoito, aliás, era um biscoito no céu de Lisboa, tão barroca e tão elaborada como um bordado, e pensou: talvez faça uma oração à Virgem, uma oração que faz muito tempo que não rezo. Porque quem se prepara para uma longa viagem precisa de um viático e Isabel precisava de um viático, queria poder dizer uma palavra a alguém. Mas a quem, naquela noite de verão em Lisboa, com uma lua branquíssima e a basílica como um biscoito? A quem? Perguntou ao Veronal e se sentiu mais calma. Depois sentou à mesa ao lado do lavabo e escreveu uma carta. Era uma carta para mim, para sua amiga Magda. Despedia-se e contava tim-tim por tim-tim sobre aquela noite, sem explicar os motivos do gesto. Dizia apenas, num pós-escrito grifado, que a luz era azulzinha e que estava olhando a Basílica da Estrela. Assim se foi Isabel.

Deixei passar alguns segundos. Terminou?, perguntei. Terminei, guinchou o morcego. Ouça, Magda, disse eu, não sei por que você está me dizendo todas essas bobagens, o que você ganha com isso? Mas do que você está falando?, respondeu ela em tom agudo, sei bem das coisas, é a pura verdade. Bom, respondi, agora você me escute bem, vou lhe contar a pura verdade, preste bem atenção, você estava na rede antifascista e organizou tudo, Isabel se expusera demais e precisava ir para a clandestinidade, você deu sumiço nela e fez circular a notícia de que ela tinha se matado por motivos emocionais, até publicou um necrológio no jornal e arquitetou a história da missa de sétimo dia na capela de Cascais, só que a certa altura por puro acaso Isabel foi presa numa blitz da polícia política durante uma manifestação estudantil, não tinha documentos e deu uma identidade falsa, falou que se chamava Magda, e a atiraram diretamente em Caxias sem sequer interrogá-la, mesmo porque naquela época os interrogatórios eram feitos depois, mas tudo isso você sabe melhor do que eu, não sei por que estou aqui desperdiçando meu fôlego, um dia lhe chegou na cela uma moça cheia de hematomas que engoliu os cacos de vidro de uma garrafa, ela sim se matou de verdade, e você organizou a fuga com a cumplicidade de um carcereiro, e naquela noite você pôs Isabel num avião para Macau, exatamente aqui, em Macau, onde estou agora.

Seguiram-se alguns instantes de silêncio. Depois a voz de Magda perguntou num sussurro: como você deslindou a trama? Simples, respondi eu, fui atrás de informações, fiz uma pequena investigação. Se você já sabe tudo, por que entrou em contato comigo?, perguntou ela. Porque não sei tudo, enfatizei. Quero saber quem era o padre de Macau a quem você enviou Isabel. Ela deu um sorrisinho. E quem se lembra?, disse em falsete. Faça um esforço, instiguei. Esse garçom que não chega nunca, respondeu ela, faz meia hora que pedi uma *agua de cebada*. Faça um esforço, insisti eu, por que não mostra o jogo pelo menos uma vez na vida? A telepatia às vezes prega peças, suspirou Magda, nunca se sabe de que lado do tempo ela vem, você está vindo de que lado do tempo? Muito mais adiante do que você, respondi, passou-se muito tempo. Então não sei se vai encontrá-lo, disse ela, se ainda está vivo, em todo caso ele se chama padre Domingos, dirigia um leprosário em Coloane, foi para lá que enviamos Isabel, mais do que isso não sei dizer.

Falei: até logo, Magda. Tive a impressão de que o morcego me acenava com a pata. Apaguei o farolete e saí da gruta.

Do alto da colina viam-se as luzes de Macau que desciam até o Porto Velho. Fechei o portãozinho secundário atrás de mim, deixei o farolete no degrau e desci a pé até o centro. A praça estava deserta. Diante de mim surgia a Catedral de S. Paulo, somente a fachada, o resto se perdera num incêndio no século XVIII.

Fiquei com vontade de contornar a fachada da catedral porque a curiosidade me levava a isso, mas pensei que o corpo também tem seus direitos, é preciso atender às exigências do corpo, especialmente quem goza de uma permissão terrestre.

Olhei em volta procurando um restaurante. No canto mais distante da praça havia um letreiro em chinês com uma inscrição em neon que dizia: Portuguese food. Fui até lá. O restaurante se chamava Lisboa Antiga-Macau Moderno. Era um lugar extremamente humilde, com uma vitrinezinha onde repousavam em paz restos de tripas esbranquiçadas numa travessa. No meio da vitrine reinava uma gigantesca raiz de ginseng, e um cartazinho escrito em português afirmava: "Nós pensamos na sua virilidade." Achei que talvez houvesse algo de europeu para comer. Empurrei a porta e entrei. O lugar estava vazio. Via-se uma velha chinesa num robe branco e chinelos aninhada num banquinho. Levantou para me cumprimentar, sentei a uma mesa imunda, e ela com calma, com muita calma, começou a limpar a mesa de todas as sujeiras que estavam por cima. Comer à cantonesa ou à europeia?, perguntou-me a velha em português. Estava mastigando alguma coisa. Talvez um pedaço de pão, talvez simplesmente a dentadura. À europeia, respondi, depende do que tem. Ter sopa de agrião e cabrito, murmurou ela em voz cansada, coisa europeia só ser sopa de agrião e cabrito. Depois me olhou melhor e fez um gesto estranho que me pareceu um esconjuro. Que gesto é esse, perguntei, o que significa? A velha chinesa girou a dentadura com a língua, ajeitou-a no lugar e respondeu: você alma penada, cheio de espíritos, precisa ir bosque pedir purificação gênios do bosque.

Sumiu na cozinha e voltou dali a pouco com a sopa e o cabrito, tudo junto. O cabrito tinha acompanhamento de abacaxi e azeitonas, o que me pareceu abominável, mas não fiz cena e comecei a comer. No fim das contas não era tão ruim quanto parecia. A velha chinesa me observava com atenção e tinha um ar imperscrutável.

Por que os gênios do bosque?, decidi perguntar, não frequento bosques, não preciso de gênios do bosque. Você precisar alguém limpar você, disse a velha chinesa, você procurar pessoa, mas você cheio de espíritos, precisar gênios do bosque, mas quem sabe preferir padre católico atrás da catedral, aquele porco. Por que o chama de porco?, perguntei, é mesmo um porco? Não saber, respondeu ela, mas todos católicos porcos, especial padres. É que eu preciso de uma informação, acrescentei, e seus gênios do bosque não podem dá-la, não tenho contatos com eles, talvez o padre católico possa.

A velha chinesa mascou a dentadura e cuspiu no chão. Não entender, disse. Uma informação, especifiquei, uma informação sobre uma pessoa, como você disse estou procurando uma pessoa. A velha chinesa pareceu irritada, e me veio um sentimento de culpa. Parecia-me intolerável que uma velha chinesa de dentadura desconjuntada ficasse irritada comigo, isso me dava um sentimento de culpa. Você vir de onde?, perguntou a velha chinesa. Do Cão Maior, respondi. Ela pensou um instante e depois respondeu: bom, talvez bom. E depois continuou, mas por que procurar padre católico? Terminei a última fatia de abacaxi e limpei a boca com o guardanapo. Porque eu precisar padre católico, disse eu, sua velha chinesa tola, só padre católico poder dar informação eu precisa. Agora já falava como ela. Sentia-me realmente irritado.

A velha chinesa tirou meu prato e foi para a cozinha arrastando os pés. Quando voltou trazia uma garrafa de licor de tangerina, serviu-me um copo e disse: você beber, pobrezinho, carrega cruz. Isso mesmo, respondi eu, você disse a expressão certa, velha chinesa, eu carrego uma cruz, mas então você sabe quem carregava uma cruz. A velha chinesa girou a dentadura pela enésima vez e pôs uma mão sobre o coração. Eu meio cristã meio animista, disse, você cristão só, você precisar padre católico na praça, você sair, fora, fora. Sabe como se chama esse padre?, perguntei. Ele confessar e tomar fresca na praça, respondeu a velha chinesa.

Sim, insisti, mas o nome, qual o nome dele? Ele não gostar animistas feito eu, continuou seguindo com sua lógica, e eu não gostar dele. E o que faz esse padre?, perguntei. Antes cuidar leprosos em Coloane, respondeu a velha, agora sem leproso, ele desempregado tomar fresca em cadeira na praça.

Bebi um copo daquele licor adocicado de tangerina, paguei e saí para a praça.

Contornei a fachada da catedral e vi o padre. Estava lá sentado numa cadeira a tomar a fresca. Aproximei-me e lhe dei boa-noite. Ele me ofereceu a pequena cadeira em que apoiava os pés e me convidou para sentar.

Era um velho padre corpulento com traços vagamente orientais, decerto uma mistura entre portugueses e chineses. Mas tinha a pele bastante morena, pareceu-me, ou talvez fosse por causa da luz amarelada das lâmpadas de neon que iluminavam a fachada da catedral do outro lado e refletiam raios violeta. Mantinha a batina levemente erguida sobre as pernas cruzadas, no entanto não usava calças, e assim punha à vista duas robustas panturrilhas sem pelos.

Filho, perguntou-me, quer se confessar? Sentei-me e respondi: talvez seja um pouco tarde, agora me parece um pouco tarde. Ele tinha um enorme charuto e disse: para a confissão nunca é tarde. Mas já fiz tudo o que tinha de fazer, respondi, e tenho meu cantinho no universo. Ele deu uma grande tragada e me soprou a fumaça no rosto. Coçou as panturrilhas com cuidado e me disse: o universo é grande mas você está aqui, neste cantinho de mundo, e nunca é tarde, homem feito de barro. Perdi todo o meu barro, justifiquei-me, tornei-me pura luz. Ele deu outra coçadinha nas panturrilhas. Explique-se melhor, murmurou. Considere-me um pulsar, disse eu, não sei se me entende. É um gênio do bosque?, perguntou o padre, você seria um animista? Não, respondi, digamos que isso que estou lhe falando emite radiações sobre todos os comprimentos de ondas luminosas em impulsos rápidos e frequentes, sabe, padre, é uma questão de nêutrons. Tudo isso me cheira a animismo, respondeu o padre, afinal, quer se confessar ou não?

A situação estava ficando difícil. Mas agora eu já estava acostumado a enfrentar situações difíceis. Olhei melhor para ele e de repente me pareceu mais jovem do que era, porque os reflexos de luz da praça deixavam sua pele lisa e sem rugas. Você é católico? Sou tudo o que quiser, fui batizado por pais católicos apostólicos romanos uma semana depois de nascer. O padre deu outra baforada no enorme charuto, dessa vez poupou-me e soprou a fumaça no ar. Parecia refletir. Refletiu longamente, deu uma coçadinha e me perguntou: há quanto tempo não se confessa, meu filho? Desde sempre, respondi eu, desde sempre. Ele assumiu um ar pensativo. Quer dizer que você nunca se confessou na vida?, perguntou. Isso mesmo, confirmei, nunca me confessei na vida. E depois acrescentei: mas poderia me confessar hoje à noite, pois amanhã é meu aniversário. Amanhã é o equinócio de outono, disse o padre, isso não é favorável, é um dia de loucura, as marés se avolumam. Desculpe, perguntei eu, o senhor está aqui para ser padre ou quiromante?, tenha paciência, agora que aceitei me confessar deixe-me confessar e vamos acabar com isso. Confesse seus pecados, meu filho, disse ele, e deu mais uma coçadinha na panturrilha. Ouça, padre, disse eu, o senhor deveria parar de se coçar, esse seu coçar atrapalha minha concentração e também minha contrição. Deve dizer que se arrepende de todo o coração, ordenou o padre. Arrependo--me de todo o coração, murmurei. Repita, disse ele, não ouvi direito. Arrependo-me de todo o coração, repeti em voz alta. O padre abaixou a batina. Confesse seus pecados, disse ele. Pois bem, comentei, seria uma longa história e vou resumir porque estou com vontade de resumir nesta noite em Macau na véspera do equinócio de outono, o resumo é o seguinte: eu também fiz as marés se avolumarem, esse é meu pecado. Você me parece um pouco vago, meu filho, retrucou o padre, precisa se explicar melhor. Escrevi livros, murmurei, esse é meu pecado. Eram livros indecentes?, perguntou o padre. Indecentes não, de forma alguma, respondi, não havia nada de indecente, havia só uma espécie de arrogância sobre a realidade. O padre deu outra baforada em seu charuto. Desculpe, padre, disse-lhe eu, poderia deixar de me soprar a fumaça na cara?, me faz perder a concentração. Ele soprou a fumaça no ar e disse: a arrogância, segundo os preceitos da Mãe Igreja, é a soberba, você pecou por soberba, mas precisa se explicar melhor. O senhor vê, disse eu, a certa altura pus na cabeça que as histórias saídas de minha imaginação podiam se repetir na realidade e, enquanto isso, escrevia histórias más, essa é a palavra, e depois, para minha grande surpresa, a maldade se repetiu efetivamente na realidade, enfim, comandei os eventos, essa é minha soberba. E então?, perguntou o padre. Então o quê?, perguntei eu por minha vez. Todos os outros pecados que cometeu na vida, disse ele, quem sabe que outros pecados você cometeu na vida. Muitos, respondi, mas esses não têm importância, fazem parte das misérias humanas, não estou nem aí, esses podemos esquecer. Aqui não se distribuem absolvições como sopa aos pobres, disse o padre, antes é preciso se confessar e depois se recebe a absolvição, assim é a regra.

Fitei-o e me veio aquela espécie de indisposição que sentia no estômago desde que descera. Para me tranquilizar pensei que devia ser o cabrito ao abacaxi da velha chinesa. Padre, ouça, disse eu, se não me der a absolvição, paciência, mesmo porque nada mais me importa, porém queria saber uma coisa, o senhor cuidava dos leprosos em Coloane, muito tempo atrás? Ele me olhou com surpresa. Coloane, disse ele, sem dúvida, Coloane, eram bons tempos, havia muitos leprosos naquela época. Suspirou saudoso. Havia muitos leprosos naqueles tempos, continuou, agora não mais, em Macau estão todos bem, tornaram-se homens de negócios, mas naquela época chegavam à clínica com as mãos roxas, às vezes sem dois ou três dedos, e se confiavam a nós, e para ser tratados, para ficarem na clínica, aceitavam o batismo com prazer, até abandonavam o animismo, eram bons tempos. Suspirou de novo e continuou: agora em Macau nem sequer há mais pescadores, compram o peixe em Hong Kong.

Pedi-lhe um charuto e ele me ofereceu um. Acendi e disse: ouça, padre, o senhor conhece o padre Domingos? Ele suspirou de novo e murmurou: o padre Domingos era um santo. Perguntei preocupado: por que era, não é mais? Morreu seis anos atrás, respondeu o padre, era um verdadeiro santo. Me fale dele, por favor, disse eu. Bom, disse o padre finalmente amassando o charuto no chão, o padre Domingos se chamava na verdade Domenico, vinha da Itália, da Sicília, antes tinha morado na China e resistiu com dificuldade à revolução comunista, depois chegou a Macau na época da guerra, me parece, naquela época eu era rapaz, e ele tinha criado o leprosário em Coloane, fui ajudá-lo nos anos 50, naquela época ainda não era padre mas estava para tomar as ordens. E depois?, perguntei. Depois passamos muitos anos juntos, tínhamos uma centena de pacientes, porém ele se ocupava de casos diferentes, ajudava todos. Todos?, perguntei eu, Isabel também? Ele pareceu refletir por um instante. Nunca a conheci, respondeu. Magda, acrescentei, talvez se chamasse Magda. Afinal, meu filho, perguntou ele impaciente, ela se chamava Isabel ou Magda? Tirei do bolso a fotografia feita por Tiago onde se via a foto de Isabel. O padre acendeu um fósforo para olhar e aproveitou para acender outro charuto. Olhou a fotografia por alguns segundos e me disse com segurança: não a conheço, não conheço essa pessoa. Pense bem, acrescentei eu, chamava-se Isabel mas talvez dissesse se chamar Magda, vinha de Portugal, era uma perseguida política. O padre acendeu outro fósforo e voltou a olhar a fotografia. Sinto muito, não conheço, nunca vi. E depois continuou: dessas coisas era só o padre Domingos que se ocupava, não eram de minha competência, mas você, meu filho, por que a procura, para quê, depois de tanto tempo?

    Dei uma longa baforada em meu charuto e tentei não soprar a fumaça na cara dele, como ele fazia. Disse: caro padre, seria longo explicar toda essa história, falei que me considere um pulsar, mas sou também uma recepção, pois venho de um lugar onde reina o esplendor e não posso deixar toda essa área de minha vida na escuridão. Esplendor em que sentido?, perguntou o padre. Esplendor, simplesmente, respondi. Quando eu estudava no seminário me falaram do Zohar, disse o padre, é a isso talvez que você se refere? Pense como quiser, respondi, só que preciso ter notícias de Isabel, ou de Magda, se dizia ser este seu nome. O padre me pediu desculpas e deu uma coçadinha nas panturrilhas. Tenha paciência, meu filho, disse, não sei se é um vício ou uma erisipela incômoda, de qualquer maneira, ouça, não sou animista mas conheci muitos deles, agora você me leva a dizer coisas que não deveria dizer, no entanto se eu fosse você perguntaria a um animista, não gosto dos animistas, com todos os espíritos lá deles, acredito que espírito é um só, talvez trinitário, isso aprendi no seminário, mas eles têm espíritos para tudo, para uma flor, para uma árvore, para as pessoas, para uma imagem, e, se você lhes mostrar sua foto, talvez possam dizer alguma coisa. Sim, perguntei, mas a quem posso me dirigir? Muito antigamente havia aqui um poeta, respondeu o padre, talvez fosse animista, talvez não, em todo caso estava em contato com as sombras, uma pena que você não o conheceu, a meu ver era louco, mas acima de tudo fumava ópio, falava bem quando fumava ópio, como lhe disse era um poeta, talvez pudesse lhe dar uma indicação sobre a pessoa que você está procurando mesmo porque ele, como você, creio que vinha fora do tempo. E quem era essa pessoa?, perguntei. Uma espécie de esqueleto, respondeu o padre, tinha uma barba comprida e estava sempre vestido de branco e às vezes, quando lhe dava na veneta, saía pela rua usando um lençol. E como se chamava?, perguntei. Qual era o nome de verdade não sei, disse o padre, mas todos aqui o chamavam Fantasma que Anda, creio que morava na avenida da Boa Vista.

Levantei e me despedi. Disse: obrigado, padre, a conversa com o senhor foi muito útil. A praça era surreal, com aquela fachada falsa e as luzes de neon. Pensei na época em que gostava das vanguardas históricas e imitava o surrealismo. Naquele tempo eu não sabia mesmo de nada.

Já ia longe quando ouvi a voz do padre ressoando no meio da praça vazia. Meu filho, quero dizer que o absolvo. Obrigado, padre, sussurrei para mim mesmo. E segui meu caminho.

**Sétimo círculo.
Fantasma que Anda. Macau.
Temporalidade**

Era uma manhã sufocante, com o sol que ficara pálido por causa da umidade. Prometia um aguaceiro de chuvas tropicais. Ao longo do Porto Velho havia uma fila de tuc-tucs. Subi no primeiro. O condutor era um chinês de bigodes pendentes e um chapeuzinho meio de lado. Vestia uma túnica encardida e suava. Olhou-me desconfiado, talvez por eu estar com uma camisa branca que ia até os quadris e sandálias de couro. Ele disse algo que não entendi, devia ser em cantonês.

Ouça, amigo, falei em português, leve-me ao poeta que se veste de branco, mora em Boa Vista. Não conhecer, respondeu ele num português estropiado. Eu me acomodei no banco e especifiquei: o poeta de barba comprida. Não conhecer, respondeu ele com ar aflito. Está na praia de Boa Vista, repeti, é um poeta, um senhor que está sempre de branco. Não conhecer, disse ele com ar ainda mais aflito. Ouça, velho chinês, disse eu separando bem as sílabas, todos conhecem esse poeta em Macau, vocês são só quatro gatos pingados, é um europeu barbudo que vive com uma chinesa, está sempre de branco, os chineses o chamam Fantasma que Anda. Ah, respondeu ele com um grande sorriso, Fantasma que Anda, claro, avenida da Boa Vista, nós em cantonês chamamos diferente mas tenho certeza de que é ele, sei aonde levar, confie em mim.

PARA ISABEL

Era um chalé de madeira na avenida de frente para o mar. Na porta havia um capacho de junco. Três degraus levavam à porta que estava fechada por uma persiana. Bati à porta. Ninguém respondeu e voltei a bater. Esperei com calma e com esperança. Depois de alguns minutos a porta se abriu e apareceu uma chinesa de uns trinta anos. Era bonita e ágil, usava uma túnica azul bordada que descia até o meio das pernas, prendia o cabelo num coque e tinha os olhos pintados. Boa noite, disse eu, gostaria de ver o senhor poeta, mandei um bilhete me apresentando, espero que possa me receber. O senhor quem é?, perguntou a chinesa. Me chamo Slowacki, respondi, mas também pode dizer Waclaw, também entendo de poesia. A chinesa abriu a persiana e me deixou entrar. Encontrei-me numa sala decorada com móveis de bambu, o assoalho era de madeira, as paredes forradas de canas. O senhor poeta agora está descansando, disse a chinesa, tomou ópio. Muito bem, disse eu, gostaria de falar com sua esposa. A chinesa me convidou a sentar numa espreguiçadeira. Sou eu a esposa, declarou, mas não sou esposa dele, sou concubina, me chamo Ngan--Yen, que quer dizer Águia de Prata, posso lhe servir um licor de tangerina? Aceitei o licor de tangerina, Águia de Prata era rápida e silenciosa. Ofereceu-me o licor insuportável que eu já conhecia, denso e adocicado, e depois bateu palmas. Apareceu um empregado chinês que usava uma espécie de macacão e mocassins de pano. Faça vento para o senhor, ordenou Águia de Prata, ele está com calor. O empregado chinês acionou um fole que movia um grande leque de linho suspenso do teto.

Veio um pouco de ar e me senti melhor. Senhora Ngan-Yen, perguntei, preciso esperar muito? Ela fez um gesto que não decifrei. Vou acordá-lo, disse, o senhor poeta meu marido deve ter esgotado o tempo do ópio, quando eu abrir a porta poderá entrar no quarto dele.

    A chinesa abriu a porta, uma persiana de bambu, entrei timidamente e vi um homem estendido na cama coberto com um lençol branco. Tinha uma longa barba escura, o rosto emaciado, e mantinha os olhos entreabertos.

    A que devo o prazer desta visita?, sussurrou. Nem eu sei, balbuciei, disseram-me que no sonho que ambos atravessamos talvez o senhor possa me dar indicações sobre uma pessoa que infelizmente não é conhecida sua, pois nasceu muitos anos depois, mas o senhor, com suas intuições astrais, talvez possa me dizer onde a encontrar. Ele soltou um leve suspiro e bateu palmas, o empregado chinês veio e o poeta lhe fez um aceno. O empregado começou a acionar os pedais de um mecanismo com uma tela que servia de ventilador. Mas o senhor vem de onde?, perguntou o poeta. Fitei-o, parecia um Cristo morto. Tinha um rosto encovado e olheiras profundas. De uma infinidade de tempo, respondi, uma infinidade de tempo que ultrapassa a nós dois, o senhor que vive nesse seu agora e eu que vivi em meu outrora, o senhor que escreve versos e eu que escrevi versos, não belos como os seus, claro, mais modestos, sem aquelas tragédias pessoais que o senhor pôs em sua poesia. Não pus naqueles versos minha tragédia pessoal, sussurrou ele, é a história de minha geração, é uma época transformada em poesia. Sem dúvida, disse eu, mas o senhor nunca assumiu a responsabilidade, pois vive no fim do mundo, desta província remota o senhor manda mensagens poéticas à Europa, por que faz isso?

O poeta se levantou. Estava nu, era esquelético. Cobriu-se com um lençol como se fosse um senador romano e exclamou: quem sujou, quem rasgou meus lençóis de linho onde eu queria morrer, meus castos lençóis?

Enrolou-se até o pescoço com o lençol, avançou até o meio do quarto e continuou: aquele pequeno jardim que era meu, quem foi que arrancou os altos girassóis, quem os arremessou à estrada?

Olhei-o. Parecia um espantalho. Lembrei-me de uma fotografia impressionante da Segunda Guerra Mundial e lhe disse: mestre, o senhor me faz pensar num sobrevivente, num prisioneiro, talvez isso não lhe diga nada, mas não faz mal. Não sei do que está falando, respondeu ele, não sei nada de nada, nem do passado nem do futuro, minha poesia se refere à imanência eterna. Sacudiu uma sineta e sua concubina entrou. Mande trazer dois cachimbos, disse ele, estamos precisando. E agora, disse-me, peça o que deseja de mim, mas antes pense bem, antes saboreie o ópio.

O empregado entrou com dois cachimbos. Acendeu os forninhos, verificou a água, pôs a poção. Comecei a saborear aquela poção com medo de perder os sentidos. Disse: procuro Isabel, o senhor talvez saiba onde posso encontrar notícias de Isabel, estou fazendo círculos concêntricos, como estes círculos concêntricos que estão neste momento comprimindo meu cérebro. O Fantasma que Anda deu uma longa tragada em seu cachimbo. Isabel, falou, talvez haja uma Isabel em minha poesia, ou em meus pensamentos, o que é a mesma coisa, mas se está em minha poesia e em meus pensamentos é uma sombra que pertence à literatura, por que o senhor quer procurar uma sombra que pertence à literatura? Talvez para torná-la real, respondi eu em voz fraca, para dar um sentido a sua vida e a meu descanso.

Ele se levantou da enxerga, pôs de novo o lençol nas costas, deu outra tragada de ópio e disse: ouça, amigo da alma, atravessamos o tempo, a poesia faz isso e outras coisas mais, e o ópio também, só posso inventar versos sobre as montanhas, por exemplo, que nunca conheci, mas como gostaria de conhecê-las em meus tempos de Coimbra, à sua maneira é uma indicação, no entanto depois caberá ao senhor encontrar o local e as pessoas, se está fazendo círculos concêntricos esses círculos ficam entregues à sua criatividade e à sua imaginação, os versos que tenho no coração nunca escrevi e talvez nunca escreva, mas se quiser posso inventá-los neste momento.

Calou-se e respirou profundamente. Depois fechou os olhos e pareceu adormecer. Passaram-se alguns minutos e eu me sentia muito desconfortável. Levantei-me, dei uma tossidela, depois voltei a me sentar. Mestre, falei em voz baixa, mestre, me ouça. Ele não dava sinais de vida. Mantinha os olhos fechados e o peito magro não se levantava mais, como se não respirasse. Mestre, implorei, os versos.

PARA ISABEL

E então ele se ergueu de repente em sua nudez esquelética, pôs o lençol nas costas, saltou para o meio do quarto e com olhos alucinados, como se o visitasse a morte, declamou estas palavras: quando se erguerão de novo as seteiras do castelo em ruínas e se elevarão gritos e estandartes na fria brisa matinal?

Fez uma pequena pausa e continuou em voz baixa: precisa apenas encontrar esse castelo. Como nos contos de fadas, comentei, perdoe, mestre, mas as montanhas estão cheias de castelos. Ele olhava para a frente fitando o vazio. Precisa procurar na pátria de Guilherme Tell, murmurou. E calou-se de novo.

Pareceu-me que a situação havia chegado a um ponto final. Seus olhos saltavam fora das órbitas, olhava fixo diante de si com uma expressão terrível. Queria lhe perguntar mais algumas coisas, mas não ousei e fiquei em silêncio. E então o Fantasma que Anda, com uma voz que parecia saída da tumba, sussurrou: lá encontrará um homem que não espera sua visita, é um homem santo que vem da Índia, não consigo ler seu nome, mas você poderá adivinhar se vasculhar as lembranças de sua vida, o castelo é um local de meditação, é dedicado a um escritor alemão que amou muito este meu Oriente.

Abriu novamente o lençol mostrando o peito de uma magreza impressionante, apoiou-se numa cômoda chinesa e disse: morrerei amanhã cedo ao alvorecer, o senhor chegou bem a tempo, senhor Waclaw.

Agitou a sineta de prata e imediatamente sua concubina apareceu. Ngan-Yen, sussurrou ele, acompanhe o senhor até a porta. Estendeu-se na enxerga e voltou a seus delírios. Segui a chinesa até a porta, ela fechou cuidadosamente as esteiras atrás de si, curvou-se diante de mim, sussurrou palavras incompreensíveis em cantonês e depois disse em português: boa viagem. Obrigado, respondi.

O condutor me esperava diante da porta. Subi e falei para me levar ao Porto Velho.

Oitavo círculo.
Lise. Alpes suíços. Dilatação

Boa noite, disse eu, chamo-me Slowacki. Boa noite, disse a mulher, meu nome é Lise, sente-se à minha mesa, a sala está vazia e mesmo para mim não é agradável jantar sozinha.

Sentei-me. A sala era ampla e pouco iluminada. No fundo, em cima de uma cadeira, havia uma espécie de braseiro de onde saía uma chamazinha. A parede central era dominada por uma ampliação fotográfica de Hermann Hesse retratado com um impecável panamá. Um alto-falante invisível difundia em surdina uma música exótica, mas para mim era impossível decifrá-la.

Que música é essa?, perguntei. Lise sorriu. A dificuldade da música indiana, respondeu, consiste sobretudo na harmonia, para nós ocidentais, ela tem dois elementos básicos, o tala e o raga, essa é a música do Noroeste usada nas danças tradicionais do Manipuri, é uma música ritual. Vejo que a senhora conhece bem a Índia, repliquei, não sei nada a respeito, não conheço a cultura indiana, porém me parece estranho encontrar a Índia aqui, nos Alpes suíços. Vai se acostumar, acrescentou Lise, afinal não é tão estranho quanto lhe parece, verá que daqui a pouco o alto-falante começará a difundir uma música do Kerala, um ritmo kathakali, é assim todas as noites, põem sempre a mesma fita, já conheço de cor. Está aqui faz muito tempo?, perguntei. Quase um mês, respondeu ela. A mim parece muito, acrescentei, pelo menos para mim seria demais, sinto como se estivesse num ambiente monástico, sabe, nunca gostei dos mosteiros, com todas as suas regras, por exemplo, jantar tão cedo me parece insuportável. As regras servem quando se perdem os limites, respondeu ela, e há também um motivo prático, à noite há a meditação com o lama e quando termina é bom retirar-se para o próprio quarto e continuar a meditação em privado. O que quer dizer quando se perdem os limites?, perguntei, não entendo. Entenderá se continuarmos a conversar, disse Lise, mas enquanto isso seria bom escolher a comida. Abri o cardápio e o estudei. Eram alimentos absolutamente desconhecidos para mim, olhei minha comensal e disse: desculpe-me, Lise, mas hoje à noite gostaria de tê-la como minha guia, não conheço esses pratos. Ela sorriu de novo. Tinha um sorriso estranho e ausente, como de alguém ali presente e ao mesmo tempo distante. São pratos indianos, disse, pode confiar em mim, conheço bem a Índia, seus ritos e também sua comida. Então me aconselhe, disse eu. Ela começou a ler o cardápio. Hoje à noite temos uma cozinha muito variada, uma cozinha da Índia toda, a única dificuldade é escolher. Ela me olhou e sorriu outra vez. Seu sorriso me inquietava, não conseguia decifrá-lo. Bom, disse, para começar eu escolheria um thali, é um leve prato vegetariano típico da Índia do Sul, são verduras cozidas no curry, papadums, sabe aqueles levíssimos folhados fritos de cereais, e um pouco de arroz com especiarias, parece-me perfeito para começar. Ficou com um ar indeciso e correu o indicador pelo cardápio procurando outro prato. E como prato principal, continuou, eu aconselharia o gushtaba, é o prato que prefiro, fazem na Cashemira. Descreva para mim, pedi. Simples, disse Lise, é um prato simples, são bolinhos de carne temperada e em geral é carne de cordeiro, cozida num molho de iogurte, é uma comida tradicional, come-se em todo o Norte da Índia. Aprovei e ela chamou a garçonete. Era uma moça de pele morena que usava um sári violeta.

A música mudou. Agora se ouvia um estranho instrumento de cordas e um som de tamborins, no fundo tinha uma cantilena que me parecia uma cantiga de ninar. O que significa perder os limites?, perguntei, desculpe-me, Lise, eu gostaria de entender. Ela sorriu seu sorriso distante. Significa que o universo não tem limites, respondeu, é isso o que significa, e é por isso que estou aqui, porque eu também perdi os limites. Bebeu uma xícara de chá que a garçonete havia trazido. Também bebi. Era um chá verde e muito aromático, com perfume de jasmim. Então?, perguntei. Ela me olhou com seu sorriso vago e me perguntou: sabe quantas estrelas há na nossa galáxia? Não tenho ideia, disse eu, a senhora sabe? Cerca de quatrocentos bilhões, respondeu Lise, mas no universo que conhecemos há centenas de bilhões de galáxias, o universo não tem limites. Desculpe-me, Lise, disse eu, como a senhora sabe todas essas coisas? Ela fitou o vazio e respondeu: sou astrofísica, ou pelo menos era.

O alto-falante em surdina começou a difundir uma música de pífaros. Eram notas agudas e quase insuportáveis, mas às vezes excruciantes. Olhei o retrato de Hermann Hesse e tive a impressão de que ele também sorria com um sorriso distante.

    Lise acendeu uma cigarrilha indiana, daquelas muito perfumadas feitas com uma folha só de tabaco. Muitos anos atrás eu tinha um filho, disse como se não falasse comigo mas com o vazio que parecia ter à sua frente, e a vida o levou embora. Fiquei em silêncio e peguei também uma de suas cigarrilhas, observei que se chamavam Ganesh, na embalagem havia uma divindade em forma de elefante. Calei-me e esperei que continuasse. Eu lhe dera o nome de Pierre, continuou ela, e a natureza fora madrasta com ele, não o dotou de certas faculdades, mas ele tinha uma forma própria de inteligência, só que era preciso entender aquela forma de inteligência e eu a entendia. Fez uma pausa e disse: eu o amava como se pode amar um filho, o senhor sabe como se pode amar um filho? Infelizmente nunca tive filhos, respondi, mas talvez a senhora possa me dizer. Mais do que a nós mesmos, disse Lise, muito mais do que a nós mesmos, é como se pode amar os filhos. Pousou a xícara de chá. O que lhe parece uma taça de champanha?, sugeriu ela, hoje à noite creio que uma taça de champanha realmente cairia muito bem enquanto esperamos o thali.

    Acenei para a garçonete que acorreu solícita. A sala era irreal. Alguém aumentara a chama do braseiro que enviava clarões avermelhados sobre o retrato de Hermann Hesse. Pelos janelões viam-se os cumes nevados, agora a música indiana era uma espécie de grito abafado, como uma invocação.

Essa música parece um lamento, observei. Os indianos sabem muito bem o que é um lamento, disse ela, e o refletem na arte, eu no fundo estou fazendo um lamento ou uma invocação, mas nossos parâmetros ocidentais fazem com que eu me exprima com as palavras dos homens. Erguemos os copos numa espécie de brinde. Continue, Lise, disse eu. Tinha uma forma própria de inteligência, continuou ela, e eu a estudara e a entendera, por exemplo, tínhamos encontrado um código, um daqueles códigos que não se ensinam nas escolas para rapazes como era meu Pierre, mas que uma mãe pode inventar com o próprio filho, por exemplo, bater com uma colher num copo, não sei se me entende, bater com uma colher num copo. Explique melhor, por favor, disse eu. Pois bem, continuou Lise, é necessário estudar a frequência e a intensidade da mensagem, e de frequências e intensidades eu entendia muito bem, fazia parte de meu trabalho estudando as estrelas no Observatório Astronômico de Paris, mas não foi tanto isso que me guiou, foi porque eu era a mãe dele e porque amamos um filho mais do que a nós mesmos. Entendo, disse eu, e então? Nosso código funcionava perfeitamente bem, continuou ela, havíamos estudado uma língua que os humanos não conhecem, ele sabia como dizer mamãe eu te amo, eu sabia como responder Pierre você é toda a minha vida, e também coisas mais simples, mais cotidianas, do que ele precisava, se se sentia feliz ou infeliz, porque devo lhe dizer que essas pessoas com quem a natureza é madrasta sabem tal como nós o que é a felicidade e a infelicidade, a tristeza, a melancolia, a alegria, tudo aquilo que sentimos nós, nós soberbos e miseráveis seres que nos cremos normais. Terminou de tomar sua champanha, começamos a comer, e continuou: não sei por que estou lhe contando tudo isso, ao senhor de cujo nome nem lembro. Slowacki, repeti, me chamo Slowacki. Pois bem, senhor Slowacki, disse Lise, um dia a vida raptou meu filho, porque a vida além de madrasta também é malvada. Olhou de novo no vazio, como se não tivesse ninguém diante de si. O senhor, o que teria feito?, perguntou-me. Não sei, disse eu, é muito difícil responder a uma pergunta como essa, a senhora o que fez? Lise soltou um pequeno suspiro. Durante o dia vagava por Paris, respondeu, olhando as vitrines, os seres vestidos que caminhavam, as pessoas sentadas em bancos nos parques, passava diante do café Flore e olhava as pessoas nas mesinhas que conversavam e me perguntava por que no planeta Terra havia uma vida organizada de um modo que eu não entendia, não sei se consigo me explicar, tudo me parecia um teatro de marionetes, e as noites eu passava no observatório, mas aqueles telescópios para mim já eram insuficientes, eu precisava observar os imensos espaços interestelares, eu estava aqui na Terra, era um minúsculo pontinho que queria estudar os limites do universo, queria aquilo, era a única coisa que me podia dar paz, o senhor o que teria feito em meu lugar? Não sei, respondi eu, hoje à noite a senhora me faz perguntas difíceis, Lise, a senhora o que fez? Bem, disse ela, descobri que no Chile, nos Andes, fica o observatório mais alto do mundo, e além disso um dos mais equipados, mas principalmente o mais alto, e eu queria ir o mais alto possível, queria me distanciar desta miserável crosta terrestre onde a vida é malvada, queria estar o mais próximo possível da abóbada celeste, assim enviei meu currículo, eles me responderam que precisavam de uma astrofísica como eu e fui, deixei a França, deixei tudo, levei apenas uma pequena mochila cheia de livros e um casaco forrado de pele e cheguei ao observatório mais alto do mundo. Interrompeu-se. Não falta muito para a conferência do lama, disse. Continue, por favor, pedi a ela. Ela continuou. Pedi para me deixarem trabalhar no radiotelescópio, murmurou, queria estudar as nebulosas extragalácticas, o senhor sabe o que é a Nebulosa de Andrômeda? A senhora me diga o que é, respondi. Pois bem, continuou Lise, a Nebulosa de Andrômeda é um sistema em espiral semelhante à Via Láctea, mas parece inclinada de modo tal que os braços da espiral não são plenamente visíveis, até os primeiros anos de nosso século não havia certeza de que estivesse fora da Via Láctea, o problema foi resolvido no telescópio por Wilson que estudou a constelação do Triângulo em 1923, são os limites de nosso sistema e eu queria chegar aos limites do universo.

Calou-se. A música se interrompera. Na sala pairava um silêncio irreal como se estivéssemos fora do tempo. Percebi que Lise queria continuar e a encorajei, mas eu não queria falar, como que para não romper um encantamento. Fiz apenas um leve aceno de aprovação e ela disse: eu ficava no radiotelescópio à procura de emissões radiogalácticas com sinais modulados provenientes de eventuais criaturas inteligentes e, de meu lado, enviava mensagens moduladas, ah, o senhor não pode imaginar o que significa ficar numa das montanhas mais altas do mundo, enquanto lá fora há apenas neve e tempestade, e enviar mensagens na direção da Nebulosa de Andrômeda. Talvez possa imaginar, respondi eu, embora não tenha sua experiência. Naquela estação éramos em três, continuou Lise, eu, um astrônomo japonês e um físico chileno, e também dois funcionários que atendiam a nossas necessidades, e uma noite, uma noite de tempestade, com o gelo que se incrustava nos vidros da cúpula do observatório, ocorreu-me uma ideia absurda e, não sei por quê, vou contá-la ao senhor. Conte-me, Lise, disse eu, gostaria que contasse. Era uma ideia realmente louca, disse ela, eu enviava mensagens moduladas e procurei uma modulação que tinha no coração, escolhi um código que me era caro, traduzi-o na modulação matemática e o enviei. Sorriu com seu sorriso ausente e repetiu: era uma loucura. Peço-lhe, Lise, disse eu, continue. Pois bem, o fato é que isso, não sei se o senhor se dá conta, mas para enviar uma mensagem em direção à Nebulosa de Andrômeda contando em anos-luz são necessários cem anos de nosso calendário, ou seja, um século, e para ter uma eventual resposta são necessários mais cem anos, outro século, talvez a eventual resposta a essa bizarra mensagem que eu enviara viesse a ser recebida por um astrônomo do futuro que não me conhecia e não sabia nada a meu respeito. Deteve-se um instante, dessa vez olhou fixo em meus olhos e disse: é absurdo, talvez o senhor pense que sou louca. Não penso isso de forma alguma, Lise, tranquilizei-a, acredito que tudo pode acontecer no universo, continue. Era uma noite de nevasca, continuou ela, os cristais de gelo se condensavam nos vidros, eu estava ali, imóvel, diante do radiotelescópio, como alguém que cometeu um absurdo, naquele momento chegou uma mensagem de Andrômeda, era uma mensagem modulada, passei-a no decifrador e reconheci imediatamente, a mesma frequência, a mesma intensidade, em termos matemáticos era uma mensagem que eu ouvira durante quinze anos de minha vida. Interrompeu-se e me perguntou: pareço-lhe louca? De forma alguma me parece louca, respondi, é o universo que é louco. Pois bem, continuou ela, fiquei com medo que meus colegas me considerassem louca, não podia lhes revelar a coisa em termos racionais, não lhes mostrei nem a mensagem, de mais a mais como iria justificá-la?, poucos dias depois abandonei o observatório, vaguei pelo mundo e cheguei à Índia, onde fiquei por bastante tempo, e lá descobri num texto sagrado que os pontos cardeais podem ser infinitos ou inexistentes como num círculo, foi uma frase que me perturbou porque, se o senhor tirar de um astrônomo os pontos cardeais, o que lhe resta?, assim comecei a estudar a filosofia indiana e uma teoria sustentando que o homem que se perdeu precisa simbolizar o universo com uma forma de arte integrativa, em suma, precisa de seus pontos cardeais, é por isso que estou aqui, não há como crer que podemos chegar aos limites do universo, porque o universo não tem limites.

    Interrompeu-se e sorriu com seu sorriso cansado. E o senhor, perguntou-me, por que está aqui? Estou procurando chegar a um centro, respondi, percorri muitos círculos concêntricos e preciso de uma indicação, é por isso que vim até aqui. O senhor acredita em círculos concêntricos?, perguntou-me Lise. Não sei, eu disse, é uma prática como outra qualquer, talvez ela também seja uma forma de arte integrativa, mas não sou um adepto. E então o que o senhor é?, perguntou-me ela. Considere-me apenas alguém que procura, respondi, sabe, o importante é procurar. Concordo, anuiu ela, o importante é procurar, não importa se encontramos ou não.

A sala de conferências, como indicava a plaqueta em inglês, ficava no segundo andar. No alto da escada recebeu-me uma oriental pequenina enrolada num sári, com uma lista na mão. Juntou as mãos em sinal de saudação, curvou a cabeça e perguntou: como se chama, senhor? Slowacki, respondi. Ela consultou a lista e fez uma cruz com a caneta. Acomode-se, disse.

    Era uma ampla sala pouco iluminada, com um assoalho de madeira clara. As paredes eram nuas, caiadas de branco. Vi Lise sentada no chão vestida com um pano alaranjado. No fundo da sala havia um assento de madeira onde provavelmente o lama iria se sentar. Atravessei a sala e deixei um bilhete na banqueta. Assinei Tadeus e especifiquei: quarto número 23. Depois voltei para o quarto.

Estranho que o senhor apareça assim do nada, disse ele.
Ofereceu-me a poltrona diante da janela e ocupou um assento marchetado ao lado da escrivaninha.
Eu envergava de novo minhas roupas ocidentais, mas ainda estava descalço. O senhor também apareceu do nada, caro senhor Xavier, disse eu. Não me chamo mais Xavier, respondeu, é um nome que deixou o mundo. Sim, continuei, mas apareceu realmente do nada, eu tinha ouvido dizer que se perdera na Índia, alguém me avisou alguns anos atrás, e no entanto ei-lo aqui nos Alpes suíços se passando por homem santo. Peço que respeite minhas crenças, disse ele. Claro, disse eu, porém, creio que sua religião também lhe ensina o respeito pelas crenças alheias, eu também à minha maneira tenho minhas convicções, se não posso chamá-las de crenças, digamos que tenho um compromisso comigo mesmo. Mas quem é o senhor?, perguntou ele olhando fixo para mim. Aquilo que está escrito no bilhete, respondeu, sou Tadeus. Não o conheço, retrucou ele. Mas o senhor conhecia Isabel, disse eu, foi por isso que me recebeu em seu apartamento, o nome de Isabel o deixou curioso. Isabel pertence ao passado, respondeu ele. Pode ser, disse eu, entretanto estou aqui para reconstruir esse passado, estou fazendo uma mandala. Desculpe, não entendi, disse ele. Isso mesmo, confirmei, o senhor de mandalas certamente entende, digamos que a

minha é uma espécie de mandala à sua maneira, mas os círculos estão se estreitando, desenhei, ou melhor, percorri cada um deles, um a um, é uma estranha figura que aparece, sabe, mas estou estreitando em direção ao centro. Quem lhe disse que eu estava aqui?, perguntou-me. Foi um poeta que me disse, respondi, aliás, o fantasma de um poeta. O senhor fala de modo cifrado, respondeu-me Xavier. O senhor também, disse eu, o senhor também me parece elusivo, como se tivesse medo de confessar. Não tenho nada a confessar, afirmou ele. E depois continuou: de mais a mais, não vejo por que haveria de contar ao senhor, que não conheço, a vida de uma pessoa que conheci quando frequentava o mundo. Simples, retomei eu, porque Isabel lhe falou de mim. Ele se calou e olhou as montanhas. Estaria disposto a jurar que Isabel não lhe falou de mim?, insisti. Não juro diante de desconhecidos, respondeu ele, e além disso minha religião me proíbe jurar. Havia uma luz estranha em seus olhos que me pareceu fugidia, como uma espécie de lei do silêncio, como se quisesse escapar de um compromisso ou de uma lembrança. Gostaria de chamá-lo de senhor lama, mas não ousei usar minha habitual arrogância. Disse-lhe: ouça, senhor Xavier, o senhor pode me dar notícias dela, de alguma maneira sabe ou soube de alguma coisa sobre Isabel, ajude-me a chegar a meu centro. Ele pegou uma folha de papel na escrivaninha e começou a desenhar com alguns lápis coloridos. Eu o observava em silêncio. Deixei-o fazer. Ficou cerca de quinze minutos. Depois me estendeu a folha. Era um círculo duplo em que estava escrito: "Partênope: vago distraidamente abandonado". Por toda a volta estavam desenhadas as diversas fases da lua e no centro havia uma lua com uma grande cara redonda como nos desenhos ingênuos, era em vermelho cinábrio. Perguntei: Partênope, o que quer dizer? Ele me olhou com um ar que me pareceu irônico. Ora, Partênope me retém, disse, como consta na epígrafe. Falei: Partênope é Nápoles, fica na Itália, o que Isabel fazia na Itália, desculpe-me, senhor lama, mas me parece incongruente.

Ele ajeitou o pano colorido que cobria suas costas. Sorriu-me com um sorriso inefável e sussurrou: tínhamos ligações com Nápoles. Sim, repliquei, mas quem devo procurar, a quem devo me dirigir? Ele olhou pela janela. Tinha anoitecido. Tive a impressão de ouvir uma vaca mugindo e tudo me pareceu absurdo. As mandalas devem ser interpretadas, disse ele com ar sábio, do contrário seria fácil demais procurar o centro, olhe bem para o centro, há uma lua que lhe desenhei e a interprete como quiser, espero que sua sensibilidade o conduza, e se lembre de uma coisa, aquela frase que lhe escrevi é uma palavra de ordem, ou pelo menos naquela época era uma palavra de ordem, o senhor também vaga distraidamente abandonado, e agora me desculpe, minha meditação me espera.

Abriu a porta e eu saí para o corredor sem ter sequer me despedido dele.

Nono círculo.
Isabel. Estação da Riviera.
Realização. Retorno

A estaçãozinha estava deserta naquela hora. Saí no pequeno espaço que ficava na frente. Era um jardinzinho com duas palmeiras e dois bancos, limitado por uma sebe de pitósporos que exalavam um perfume intenso. Para além da sebe intuía-se a presença do mar. O terreno estava polvilhado de areia e seixos marinhos. Era mesmo uma estaçãozinha da Riviera como sempre a imaginara. Vi um trem passar a toda a velocidade. Seguia para a França, sem dúvida, e a França ficava além das luzes do golfo. Sentei-me no banco, pensando o que fazer. Percorrer talvez o pequeno declive e procurar a rua Oberdan? Os lampiões do jardim estavam acesos. Sentei num banco de madeira, bem debaixo da palmeira, e olhei para cima. Havia uma lua em sua última fase, e era branca como leite. Procurei outro ângulo do céu e vi uma estrela que me era querida. Estendi as pernas, apoiei a cabeça no encosto e fiquei contemplando o céu.

A música subiu do fundo do declive margeado pelos pitósporos. Reconheci, era uma melodia de Beethoven chamada "Les Adieux, l'absence, le retour".

Vi se aproximar um indivíduo estranho. Trazia uma casaca amarrotada, uma cartola branca e segurava um violino. Estava descalço. Parou à minha frente e tirou educadamente o chapéu. Boa noite, disse, e bem-vindo a esta estaçãozinha da Riviera onde o senhor talvez sonhasse chegar algum dia. Pediu licença e sentou-se a meu lado. Desculpe-me, mas é inútil que o senhor procure a rua Oberdan, não se chama mais assim, agora se chama rua dos Trabalhadores do Mar. Fitei-o com ar interrogativo e ele suspirou. E também a tipografia que está procurando, disse, já fechou, parou de trabalhar faz anos, agora em seu lugar há uma confeitaria elegante, se chama Bignè. Estou procurando a Tipografia Social, disse eu, é o que estou procurando. Ele sorriu e suspirou de novo. Justamente, respondeu, a Tipografia Social, a gloriosa Tipografia Social, foi destruída por uma bomba faz muitos anos, os responsáveis nunca foram encontrados, houve indícios, investigações, até a sombra de um processo, e assim, depois da destruição das máquinas e depois de ter passado muito tempo com aquelas salas todas vazias, alguém comprou o local e instalou uma confeitaria, onde há ótimos doces para comer. Desculpe-me, perguntei, o que a Tipografia Social imprimia? Ele suspirou outra vez. Era uma tipografia anarquista, respondeu, imprimia os últimos opúsculos dos anarquistas, aqueles poucos que restaram, livrinhos baratos e discursos de Pietro Gori, a história dos anarquistas italianos, mas, e suspirou de novo, às vezes também convites de casamento, sabe, a pessoa precisa sobreviver e o velho Você-me-enche precisava sobreviver. E quem era o senhor Você-me-enche?, perguntei. O último sobrevivente da gloriosa Tipografia Social, respondeu o homem do violino, explodiu junto com suas máquinas. O homem do violino suspirou de novo. Desculpe-me, disse ele, mas para mim é difícil tomar fôlego, a subida é muito íngreme e além disso, sabe, tocar violino. Olhei-o com curiosidade. Arrastava voluptuosamente os pés na areia do jardim e apoiara o instrumento no banco entre nós dois. Estou espantado que o senhor conheça tudo isso, disse eu, garanto-lhe que estou absolutamente espantado. Oh, disse ele, por favor, conheço todo o seu percurso, sigo-o desde que o senhor chegou aqui, aliás de certa maneira conduzi toda a partitura, o senhor pode me considerar seu maestro. Tirou uma bituca e a acendeu. Quer uma bituca também?, perguntou-me. Disse que não, e depois acrescentei: fico curioso em saber pelo senhor esse meu percurso que diz conhecer tão bem. Ele sorriu, olhou o céu e respondeu: o senhor refaz o percurso de sua última estação, as outras deixemos de lado, de sua última, aliás, penúltima, porque a última é esta. Deu uma tragada na bituca e disse: portanto, o senhor chegou a Nápoles e caiu no folclore mais sinistro, ora essa, não esperávamos isso de seu faro, porque o senhor se mostrou um bom investigador, chegar ao restaurante Luna Rossa conduzido por uma Concettina ao encontro de um Masaniello que tocava realejo num restaurante de Mergellina, ora essa, poderia chegar a seu objetivo de uma maneira que não fosse tão trivial, de todo modo devo reconhecer que conseguiu, Masaniello alguma indicação devia ter, porque, sabe, uma palavra de ordem em Nápoles é *vox populi*, e o senhor vagava distraidamente abandonado, portanto, com as várias indicações de Masaniello, conseguiu chegar ao

Vesuviano, à Comunidade Red Moon, pobrezinho, o senhor tinha indicações vagas, em todo caso conseguiu chegar à sua Lua Vermelha.

Amassou a bituca na areia e me perguntou: quer que eu continue? Continue, respondi, estou interessado. Pois bem, continuou ele, depois de encontrar duas ou três secretárias idiotas, finalmente chegou a um velho funcionário que havia sido secretário muitos anos antes, era um homenzinho magro de óculos, sabe-se lá por que o mantinham ali, visto que a comunidade se tornara tão poderosa que já recebia subsídios do Estado, talvez porque o tratavam como uma espécie de remanescente bélico, mas ele se lembrava de Isabel e a reconheceu na fotografia que lhe mostrou, falou-lhe dela, do tempo que passara no Red Moon, porém não lhe disse nada sobre a vida dela, talvez porque não a conhecesse, mas lhe deu esse endereço, essa estaçãozinha da Riviera e lhe disse para procurar na rua Oberdan, na Tipografia Social, porque era o último lugar para o qual Isabel fora encaminhada. Fez uma pausa e me olhou. Por que fala no passado remoto?, perguntei. Ele sorriu e olhou o céu. Passado remoto, disse, passado próximo, presente, futuro, me desculpe, mas não conheço os tempos, não conheço o tempo, para mim é tudo igual. Eu também o olhei. Arrastava os pés na areia. Mas quem é o senhor?, perguntei a ele. Sou o Violinista Louco, respondeu, sou eu quem dirige seus círculos concêntricos ou, se preferir, suas estações, eu também fui enviado. Depois pegou seu arco e desenhou um pequeno círculo na areia.

Chegamos ao centro, sussurrou ele, dê-me a fotografia de Isabel. Estendi-lhe a foto e ele a depositou no centro do círculo. Depois se levantou, pegou seu violino e começou a tocar em surdina a melodia da "Sonata dos adeuses" de Beethoven.

Naquele momento vi Isabel. Vinha pela pequena subida margeada pelos pitósporos, estava com um vestido de seda azul como eu a vira certa vez diante da Prefeitura e usava um chapéu com o veuzinho branco. Estendeu-me a mão e eu a apertei, ela levantou o véu e lhe dei um beijo no rosto. Olá, disse Isabel, como você vê ainda existo. Ela pediu para se sentar no banco. Estendeu-me as mãos e disse: venha, esta noite quero eu conduzir você. Tomou-me pelo braço, como antigamente. Descemos juntos a pequena rua que se chamava Trabalhadores do Mar. O perfume dos pitósporos era inebriante. Lá embaixo se viam as luzes do golfo. Para onde você está me levando, Isabel?, perguntei. Ela aproximou os lábios de meu ouvido e sussurrou: espere, não seja impaciente. Continuamos a descer.

Não havia ninguém no pequeno porto, os barcos oscilavam placidamente na água. No fundo do porto havia um píer, onde estava atracado um vapor com as luzes acesas. Isabel me guiou pelo píer.

Subi antes, e depois ofereci o braço para ajudá-la. O vapor estava absolutamente deserto. Isabel me convidou para sentar no convés, numas espreguiçadeiras de lona azul e branca. Aqui ficaremos bem, disse Isabel, podemos olhar o céu noturno.

Envolveu o pescoço numa echarpe branca, fez um leve gesto em direção a uma estrela e o vapor, como por encanto, sem fazer qualquer ruído, soltou-se do píer e começou a navegar rapidamente na direção das luzes distantes do golfo. E nesse exato momento tive a impressão de reconhecer aquele golfo com suas luzes e lhe perguntei um pouco angustiado: Isabel, onde estamos? Estamos em nosso outrora, respondeu Isabel, segurei sua mão e disse: explique melhor, por favor. O vapor atravessou a quinta parede, respondeu Isabel, estamos em nosso outrora, está vendo, aquelas são as luzes do Portinho da Arrábida, partimos de Setúbal, é o vapor que nos leva de Setúbal ao Portinho da Arrábida, estamos na noite em que nos despedimos, no vapor daquela noite, você se lembra?, estamos em nosso outrora. Mas não se pode estar ao mesmo tempo no agora e no outrora, respondi, Isabel, não é possível, agora estamos em nosso agora. O agora e o outrora se anularam, respondeu Isabel, você está se despedindo de mim como naquela época, mas estamos em nosso presente, o presente de cada um de nós, e você está se despedindo de mim. Pois bem, disse eu, se preciso me despedir de você naquele outrora quero saber como foi sua vida.

As luzes de Arrábida se aproximaram. O vapor fez *tuu-tuu*, assobiando. Era o único som que se ouvia naquela noite quente. Isabel sorriu para mim e apertou minha mão. Sua echarpe branca esvoaçava na brisa noturna. Para que lhe contar minha vida?, indagou ela, você já sabe tudo, construiu seus círculos com sabedoria e sabe tudo sobre mim, minha vida foi exatamente assim. Fugi para o nada, mas deu certo, agora você me reencontrou em seu último círculo, porém saiba que seu centro é meu nada em que estou agora, quis desaparecer no nada e consegui, e nesse nada você me reencontra agora com seu desenho astral, porém saiba de uma coisa, não foi você que me reencontrou, fui eu que reencontrei você, você pensa que buscou por mim, mas você buscava apenas a si mesmo. O que você quer dizer, Isabel?, perguntei. Ela me apertou a mão com força. Quero dizer que você queria se libertar de seus remorsos, não era tanto a mim que você procurava, senão a você mesmo, para dar uma absolvição a si próprio, uma absolvição e uma resposta, e essa resposta dou-lhe eu nessa noite, a noite em que nos despedimos num vapor que ia de Setúbal a Arrábida, você está livre de suas culpas, não tem nenhuma culpa, Tadeus, não há nenhum bastardinho seu no mundo, pode ir em paz, sua mandala está completa. Sim, disse eu, mas onde você está, nesse seu agora? Veja, disse ela, se você subisse a pequena ladeira da estaçãozinha da Riviera onde chegou, no meio da colina encontraria um minúsculo cemitério, na alameda central, entre os túmulos mais pobres, há uma tumba simples, da qual ninguém cuida, com flores de ferro batido e uma lápide, a lápide traz uma epígrafe sem data e sem fotografia, aqui jaz Isabel dita Magda, vinda de longe e desejando paz. É ali que você repousa?, perguntei-lhe. Não, disse ela, aquele é um cenotáfio, apenas a lembrança daquilo que existiu, dois simples nomes, a essência de uma vida, estou no nada, e você não deve ter remorsos, repito, repouse em paz em sua constelação, enquanto isso eu prossigo meu caminho em meu nada.

    O vapor atracou no píer de Arrábida. O golfo estava coberto de nuvens, começaram a cair algumas gotas de chuva. Isabel tirou da bolsa uma levíssima capa de chuva e a vestiu. É exatamente como a noite em que nos despedimos, disse ela, você se lembra? Começou a chover. Espere, Isabel, disse eu, não pode se despedir de mim mais uma vez. Isabel se levantou e me deu um beijo. Adeus, Tadeus, disse, esta é a última vez, certamente não nos veremos mais, adeus. Afastou-se como eu a vira se afastar naquela noite, percorreu o curto píer, desceu diante de um restaurante que tinha uma pálida luz de neon, afastando-se tirou a echarpe branca do pescoço e me acenou num último adeus. Eu também lhe dei adeus, timidamente, acenando a mão que escondia entre as pernas.

Abri os olhos. O violonista estava de pé à minha frente, no jardim da estação a lua se pusera. Segurava o violino nos braços e olhava para o círculo na areia diante dos pés descalços. É hora de voltar, disse, a busca terminou. Acocorou-se e soprou sobre a areia. O círculo se apagou. Por que fez isso?, perguntei. Porque a busca terminou e é preciso um sopro de vento que reconduza o todo para o nada sapiencial, disse ele. Peguei a fotografia de Isabel e pus no bolso. Essa eu levo comigo, disse eu. Faça como quiser, disse ele, é direito seu, de tudo resta um pouco, às vezes uma imagem. Ajeitou o violino no ombro e começou a tocar em surdina, com um acento muito melódico, "Les adieux, l'absence, le retour". Ergui os olhos para a abóbada celeste e vi uma estrela que reconheci. Segui adiante. E naquele momento vi Isabel. Acenava com uma echarpe branca esvoaçante e se despedia de mim.

Nota a
Para Isabel: uma mandala

Este livro não traz o *imprimatur* de Antonio Tabucchi. É, portanto, o primeiro inédito póstumo de sua obra. Ele o escreveu ao longo de alguns anos (em sete cadernos escolares de capa preta oleada); falou dele com convicção em várias entrevistas; ditou-o integralmente a Vecchiano em 1996; definiu-o num texto de ficção como "um romance extravagante, uma criatura estranha como um coleóptero desconhecido que se fossilizou sobre uma pedra". Nesse meio-tempo passou a escrever outras coisas, em outras direções; viajou, mudou de país, deixou-o sob a guarda de uma amiga querida; por fim, pediu-o de volta porque queria relê-lo, talvez quisesse publicá-lo. Mas era o verão de 2011, e no outono ele adoeceu.

Para Isabel: uma mandala é um livro de grande força, que se impõe como pedra angular da construção romanesca de Tabucchi, ao iluminar com feixes de luz de várias cores a existência daquele personagem misterioso que é Isabel. Publicamos este livro com orgulho e afeto, cientes de conservarmos e administrarmos um patrimônio que é uma herança para todos e também cientes de oferecermos uma dádiva preciosa aos leitores de Tabucchi em todas as partes do mundo.

julho de 2013
Maria José de Lancastre
Carlo Feltrinelli

ESTE LIVRO FOI COMPOSTO EM ADOBE GARAMOND PRO
CORPO 11,6 POR 16,6 E IMPRESSO SOBRE PAPEL PÓLEN BOLD
90 g/m² NAS OFICINAS DA RETTEC ARTES GRÁFICAS E EDITORA,
SÃO PAULO – SP, EM FEVEREIRO DE 2024